琦君作品集

永是有情人

琦君 著

母親內心在婚姻上所受的痛苦，豈是我這少不更事的女兒所能體認的？想想母親一生都在忍與等，忍受丈夫對她的冷落，卻又等待他的歸來。痛心的是，父母親一生都沒交談過多少話，可是父親臨終時，緊握不放的卻是母親的手。那最後的一握啊，包含了多少懺悔，多少情意？

敬祝
大媽媽您在天堂裡生日快樂（代序）

近數月來因苦於雙膝風溼，文思枯滯。對兩年中所寫的文章，也無心整理。悵憾中，適文甫兄來美東開會，得以在舍間暢敘半日。他極力勸我「不要放下筆，散文、小說都應該寫。筆健身體就健。」他並告訴我素芳會為我整理好稿件，讓我過目一下，不用我操心。文甫兄和素芳的誠意實在使我感動。我因而想起當年恩師所說「忘病是治病良方」的至理名言，精神立刻振作起來了。

不多日，就收到素芳為我整理好的稿件，整整齊齊一厚疊，依文章內容分為三輯，用大號字體打印，免傷我目力。並告以只須大體過目，略加斟酌，就可以了。她辦事效率之高，令我感佩萬分。

第一輯是懷舊篇章，重讀時立刻使我回到童年，偎依在慈母和各位疼愛我的長輩身邊，享受著無比的溫馨歡樂。我才相信：年光雖然飛逝，而童心是永不會老去的。

第二輯是旅居生活點滴與領悟，多處文筆居然能亦莊亦諧，不由得自我陶醉起來。

第三輯是對文學寫作的體認，與讀友人作品的思與感，我也頗驚異於自己的心思細密，死腦筋對「新文學」居然尚能有所領會，譬如〈一棵堅韌的馬蘭草〉一篇，是我用全心靈欣賞了《馬蘭的故事》，打心眼兒裡誠誠懇懇地寫出來的，我真是好喜歡這本小說，也「喜歡」自己這篇文章。但願能與真正喜愛文學創作的讀者朋友分享。

又譬如〈我看新詩〉一文，是讀隱地新詩的感想，我這個只會背「平平仄仄」舊詩詞的人，居然福至心靈，作起新詩來了。那首思念母親的新詩，因為語語出自至誠，我還真喜歡呢！親愛的詩人朋友們，不會笑我狂妄吧！

〈談寫作、念恩師〉一文是紀念我初、高中的幾位國文老師，與大學時的夏瞿禪恩師，他們誨諭我的都是同一個字，就是「誠」，為人為文都要誠，是天地間不變的真理。相信愛好文學與寫作的青年朋友們，一定也能深體此意吧！

又一章〈祝福〉，是我內心深深的感念，化為第三人稱寫的小小說。如今重讀時，實在是感觸萬萬千。此中況味，一言難盡。相信天下母親的心，都是一樣的，但我一想起兒子的祝福，何以格外的心酸呢？

此文承新加坡一份文學月刊轉載，並由一位未謀面的先生寫了一篇評介，使我十分感激。現在將評文附在後面，卻找不到原刊物，不知作者大名，特掛越洋電話到新加坡請好友尤今代為打聽，她遍問諸位主編先生都不知道，內心深感歉疚。

小序將寄發時，看日曆明天十二月三十一日，是農曆的十二月初二，正是我母親一百二十六歲的冥壽。我要虔誠地把這本文集獻給她老人家，她一定會瞇起近視眼說：「我哪裡認得這麼多字，你念給我聽吧！」

媽媽，我天天都在心中把我的得意文章念給您聽啊！

感念母親一生辛勞與容忍的美德，她老人家的無言之教，越發使我深深體會為人、為學、寫作，尤其是夫妻之間的相處之道，乃以集中〈永是有情人〉一文為書名，以誌紀念，並以自勉。

寫至此，我忍不住要向親愛的讀者朋友吐露一件心事：數十年來，我筆下的母親，其實是對我有天高地厚之愛的伯母。我一歲喪父，四歲喪母，生母於奄奄一息中把哥哥和我這兩個苦命的孤兒託付給伯母，是伯母含辛茹苦撫育我們兄妹長大的。後來哥哥被伯父帶到北京，哥哥竟不幸於十三歲時因腎病不治，兄妹一別，竟成永訣。我一直在伯母的愛撫下長大，而奇怪的是，我竟一直喊她大媽，沒有喊她一聲媽媽。記得有一次，我傻傻地問：「大媽，我為什麼不喊妳媽媽呢？」她定定地看著我，沒有作聲。邊上的五叔婆說：「因為妳不是大媽生的呀！」母親緊緊摟我在懷中，低聲地說：「不要多問了，有娘疼就好。」邊上的小叔嘆口氣說：「妳命好，有娘生，有娘疼；我卻是有娘生，沒娘疼啊！」母親看著他說：「你是男孩子，想開點。只要心好就好。」小叔說：「大嫂，妳這樣的好心腸，一定上天堂的。」我想了半天說：「我現在知道了，您是比我媽媽還要大的媽媽，我就喊您大媽媽吧。」這個「大」在我心中是偉大的意思，只是我當時還不會說。

放下筆，我走到她老人家肖像前，深深膜拜，默默祈禱，喊一聲：

親愛的大媽媽，敬祝您在天堂裡與大伯團圓，生日快樂。

琦君

民國八十六年十二月三十日
農曆十二月初一深夜

目錄

第二輯 一日一回新

第三輯 喜新又戀舊

附錄

第一輯

走在歲月裡

雙親

臥室五斗櫥上，並排兒擺著父親和母親的兩張照片，父親穿一件白夏布長衫，右手腕套著念佛珠，微笑中帶一絲嚴肅。母親穿的是灰綢旗袍，雙手捏著一把小小摺扇，身旁小几上擺著一盆蘭花，是她全心爲供佛培養的素心蘭。因爲母親的名字叫夢蘭，是新婚時父親爲她取的。

事實上，父親穿這樣瀟灑長衫的時日，是他住在離母親遙遠又遙遠的北京，享受著退休後的優閒歲月，身邊陪伴的是如花的姨娘。母親呢？帶著我住在故鄉，朝朝夕夕望眼欲穿地盼著父親的信。

母親忙家務，忙廚房工作，照顧長工們的飲食，終年穿的是粗布衫褲，她穿上這件唯一的旗袍，是爲遙祝父親六月初六的生辰，拍了照打算寄去北京，想了又想卻沒有寄，只把她和父親的照片一起收在床邊小几抽屜裡。每晚臨睡時，捧出來就著微弱的菜油燈光，瞇起近視眼左看右看，嘴裡低聲喃喃著：「怎麼都不大像了呢？……」

現在，我把雙親的照片並排兒擺在一起，每日早晚向二老恭恭敬敬地膜拜。想想他們一生也沒有這樣笑咪咪地站在一起過，我卻虔誠默祝他們在天之靈，永遠相依相守，幸福無邊。

再哭一點點

妹妹從加州打電話來，悲泣著告知我，她久病的老伴走了。我驚駭得不知如何安慰她才好。她卻勉強忍住嗚咽說：「他走得很安詳，一點沒有痛苦，我服侍他這許多年，也安心了。姊，這就是人生啊！」我捏著話筒，只顫聲地說：「妳要多多保重，路途遙遠，我為風溼所苦，無法去陪伴妳。」第二天，我很不放心地打電話去問她情況。她平靜地說：「一切都安排好了。兒媳們都已回到我身邊，倒是覺得家裡比以前熱鬧些。我已經想開了，姊姊千萬不要為我掛心。」

她轉以輕鬆的語調繼續說：「我在忙著照顧兩歲的孫兒，他眞是可愛又頑皮，他媽媽打了他兩下屁股，他就坐在地上一直哭，不肯起來。我摟著他說：『寶寶不要哭嘛，你哭得奶奶好心煩。』他抹著鼻涕眼淚說：『哦，我不要哭，但我忍不住呀，奶奶，讓我再哭一點點好嗎？』聽得我好心酸，想想我和老伴相依相守這一輩子，如今他先走了。我生怕小輩們不放心，不得不忍住眼淚，但我也眞想再哭一點點啊！」

我默默地聽著，止不住淚水涔涔而下。想起妹妹幼年時，胖嘟嘟的，穿一身紅花布衫褲，人見人愛。父親病危時，全家人心情慌亂，沒有好好照顧她，她只好一個人在院子裡寂寞地玩皮球。看見我這個比她大十六歲的姊姊走近她時，馬上張開雙臂喊：「姊姊，抱抱。」父親逝世的那一刻，母親抱她到床邊，她哭著喊：「爸爸，爸爸爲什麼不理我？我要吃爸爸的奶油餅乾。」家人爲她脫去紅花衫褲，換上素服，她又哭鬧著：「我要穿紅花衫褲，爸爸說我好漂亮。」

歲月已逝去半個多世紀，穿紅花衫褲的胖女娃兒，如今已是擁抱孫兒的祖母了。

想起悠悠往事，我也怎忍得住不再哭一點點呢？

團圓餅

寄居異國，幾乎年節不分。每到中秋，既無心舉頭望明月，也無興趣買象徵明月的月餅來應景，一心思念的卻是當年母親一雙巧手做的「團圓餅」。

其實，母親經常都做各種香噴噴的餅。到了中秋節，她就說自己手裡捏的是「團圓餅」，她並不稱它爲「月餅」。她說月亮是高高在天上，放光明照亮世間的「月光菩薩」，怎麼可以摘下來吃呢？說得外公和老長工阿榮伯都呵呵地笑了。

母親做團圓餅時，先炒好餡兒，甜的是豬油豆沙、鹹的是雪裡蕻炒肉末。由阿榮伯揉好麵，切成平均的一團團，她再來包。我當然少不了在邊上幫倒忙，爲的是想快快有得吃。但母親總要我先拜了拜月亮菩薩，供了祖先，才准我吃。

外公愛甜食，母親就特別爲他老人家加工加料，做雞油豆沙加棗泥餡兒的，擺在他床邊由他隨時可以吃。我就在外公身邊跟進跟出，不用說，又油又香的棗泥餅，大半都給我吃了。

在銀色的月光下，我扶著外公在庭院中散步，聽他講母親少女時代既能幹又熱心照顧鄰居的許多事兒，我聽了一遍又一遍，總也聽不厭。母親卻說：「許多事兒都是妳外公加油加醬編出來的，我哪有那麼好？」外公又捻鬍子呵呵地笑了。

母親定定地注視著外公，低聲對我說：「外公一年年老了，妳一年年長大以後，要去外路讀書，不知還有幾個中秋節能在外公和我身邊一起過呢！」

我聽了心裡悵悵的，抬頭望外公，他笑得滿臉皺紋，白鬍鬚在月光中微微飄動。我覺得外公像一位老仙翁，就要冉冉升天而去，不由得一陣心酸，幾乎掉下淚來。

外公微微顫抖的手，緊緊捏著我的小手說：「小春，祭拜過月光菩薩，妳就趕緊寫信到北京給妳爸爸，要他快點回來，逢年過節，總要一家團圓，吃妳媽媽做的團圓餅啊！」

阿榮伯興匆匆地從街上買來一個好大的月光餅，有小圓桌那麼大，阿榮伯說是專爲祭月亮菩薩的。我看了快樂得直跳，把鼻子湊上去聞聞，好香呢。媽媽也高興地說：「如今的年輕人眞會變新花樣，會做出這樣大的團圓餅來。快擺桌子祭月光菩薩吧，我把菜都燒好了。」

祭拜過月亮，我就急著要吃那大大的月光餅。可是媽媽不讓我掰開來，說一定要過了十六才能吃。

「十五月光十六圓。十五和十六都是團圓的好日子，要先吃我自己做的團圓餅。」媽媽笑咪咪地說。

媽媽的命令，連外公都得聽。所以阿榮伯就把那大大的月光餅高高掛在廚房柱子上，讓我只能對著它聞香味。過了十六，他才把餅切開，半個給外公放在他房間裡慢慢兒吃，半個大家分來嘗嘗。連媽媽都誇好香好脆呢。

她想了一下，要阿榮伯再去買一個來，掛在她自己房間裡。到了晚上，她摟我在懷裡，對著大月光餅呆呆地看半天，拍著我輕聲地說：「小春，寫封信給妳爸爸，告訴他我們屋子裡有個大大的團圓餅，要他明年回來過中秋節，一家團圓多好？」

在搖曳的燭影中，母親的笑靨裡閃著淚光。我想念起遠在北京、遲遲未歸的爸爸，想起外公催我寫信催他快快回家的熱切神情，也禁不住熱淚盈眶，更深深體會到老師教我古人的詩句：「每逢佳節倍思親」的意義。

第一次坐火車

我出生長大在簡樸的農村，童年時與小朋友們的玩樂，只有在後院踢毽子，或在長廊裡滾鐵環。後院是長工伯伯晒穀子和乾菜的地方，長廊是媽媽晾衣服的地方。我們一不小心常踩到穀子，或碰倒了竹桿，長工伯伯就會大聲地喊：「走開走開，到外面放風箏去。」可是放風箏要迎著風跑，不小心踩一腳的牛糞，害忙碌的媽媽又得爲我洗腳換鞋襪。因此媽媽總是輕聲輕氣地對我說：「小春呀，去後河邊看小火輪吧，小火輪快到了。」但是，從我家到後河邊要走一大段狹窄的田埂路，我膽子小，總要等阿榮伯忙完田裡的事，才能帶我去。

有一次，慈愛的阿榮伯牽著我的手，從青布圍裙大兜裡掏出一個暖烘烘的麥餅遞給我，邊走邊啃。小火輪嘟嘟嘟的汽笛聲已經聽得見了。我要快快地走，趕上小火輪靠岸時才好玩，阿榮伯說：「不要急，小火輪慢得很，不比火車，火車才快呢？」一聽說火車，我就跳著腳說：「阿榮伯，我們去城裡看火車好嗎？」阿榮伯呵呵大笑說：「傻姑娘，我們城裡哪有火車？要先坐輪船到上海，才有火車，搭上火車就隆隆隆地一直坐到杭州了。」

上海、杭州，在我的小腦筋裡，就像遠在天邊的神仙世界。爸爸老早答應要接媽媽和我到杭州，和親愛的哥哥相聚，我就不只是一個人寂寞地踢毽子、放風箏了。

我把阿榮伯粗糙的手捏得緊緊的，心裡想著嘟嘟嘟的火車，高興地說：「阿榮伯，我要爸爸也接你去杭州，我們一同坐火車，多好玩呀！」阿榮伯嘆口氣說：「我老了，又是個鄉下種田的，哪有福氣坐火車呢？妳將來到了外路，坐火車時，就多想想我牽著妳的手，啃麥餅走田埂路的情形，寫封信給我，畫張火車的樣子給我看看，就當我也坐過火車啦！」

我聽著聽著，竟然哭起來了。我明明是那麼想坐火車，但因爲阿榮伯說不能跟我一同去杭州，我捨不得他，就好像眞的馬上要和他分別了，心裡好難過。

和阿榮伯分別的日子終於到來，爸爸派人來接媽媽和我去杭州。果然是先搭大輪船到上海，再坐火車到杭州。在輪船上望去大海茫茫一片，一點不好玩，風浪又大，媽媽和我都吐了。我心裡想念阿榮伯，連火車都不想坐了，恨不得哥哥也回家鄉，我們一同踢毽子、放風箏多快樂啊！

到了上海，在碼頭上，就看見爸爸牽著哥哥來接我們了。見到分別好幾年，日夜思念的哥哥，我快樂得又跳又叫，但我又馬上想起疼我的阿榮伯，就緊緊捏著哥哥的手，商量怎樣央求爸爸，快點接阿榮伯到杭州，也讓他嘗嘗坐火車的味道。哥哥說：「坐火車眞好玩，靠在車窗口，看外面的青山田野，房屋橋梁，都向後面飛過去似的。火車上的蛋炒飯好香，還有紅茶加一片檸檬，好好喝啊！」聽得我恨不得馬上就坐上火車。

第二天，我們就眞的坐上火車了，我日思夜想的夢境實現了。哥哥說：「這是我第二次坐火車，妳是第一次。」他點著我的鼻子尖說：「妳這個鄉下姑娘。」爸爸和媽媽都沉默得彼此不說一句話，都把臉朝著窗外，也不知他們在想些甚麼。大人們眞是怪怪的，我不去想他們的事，只顧同哥哥兩人大聲地搶著說話。

一會兒，服務員端來三盤蛋炒飯。哥哥和我合吃一盤。他說：「飯裡有火腿丁，好香。」我嘗了一口說：「沒有媽媽炒的好吃，媽媽是噴了阿榮伯釀的紅米酒的。」於是我就一五一十告訴哥哥，阿榮伯有多能幹。田裡的事，廚房裡的事，都少不了他。他又會講好多好多故事給媽媽和我聽。哥哥說：「到了杭州，馬上寫信告訴阿榮伯坐火車的情形。」爸爸說：「過年時，我會接他到杭州玩一個月，你們可得好好跟老師讀書喲！」

說起讀書，哥哥馬上就背了好幾首唐詩給我聽，聽得我一楞一楞的。他又得意地說：「老師不但教我讀詩和古文，還教我讀自然科學的書。我們現在坐的火車，就是運用蒸氣的力量推動機器的。」

說著說著，他就琅琅地念起一段課文來。我聽不懂，他就一句一句解說給我聽。直到如今，我仍記得牢牢的：他念道：

「煮沸釜中水，化氣如煙騰。縮之不使洩，漲力千倍增。導之入廣管，牽引運車輪。交通與工業，般般用其能。誰爲發明者，瓦特即其人。」

哥哥說，「瓦特是一位了不起的科學家。他幼年時，就絕頂聰明，看見茶壺裡的水滾了，蒸氣把蓋子都頂開來，就知道蒸氣的力量很大，後來就發明了利用蒸氣，推動機器，造福人群。」

我聽了好感動，也很佩服哥哥的學問眞好，哥哥說：「我將來也要做個發明家。」我呆呆地看著他，他臉瘦瘦的，手臂也細細的，我說：「哥哥，你要當發明家，就要多吃飯，長胖點，才有力氣發明東西呀。」他大笑說：「妳這個鄉下姑娘，只知道吃飯，聰明的人是不多吃飯的，腦子才會靈活呀。」聽得爸爸媽媽都笑了。

正說著，服務員端來兩杯紅茶，上面各漂著一片檸檬。盤子裡兩粒方糖。我們小孩子沒有份。媽媽就把她的一杯給我們了。

檸檬紅茶加上方糖，這是我夢想中的甜甜湯。高高的玻璃杯，濃濃的紅茶，檸檬究竟是甚麼味道呢？我把鼻子湊上去聞聞，好香，忍不住先喝了一口，酸酸澀澀的。哥哥馬上把方糖放進去，用茶匙調勻了，我們倆一人一口輪流地，慢慢地品嘗。哥哥說：「這是妳第一次坐火車，第一次喝檸檬茶，妳這個鄉下姑娘。」哥哥笑我是鄉下姑娘，我一點不生氣，我只要能見到新奇事物就好開心。

到了杭州，我們馬上寫信給阿榮伯。哥哥學問好，洋洋灑灑寫了一大篇，詳詳細細告訴阿榮伯我們坐火車的情形。我說阿榮伯認不得多少字，別寫太長了。我就在後面畫了一列長長的火車，像一條正在爬行的蠶寶寶。

從那次坐火車以後，我就常常要求大人帶我和哥哥去火車站看火車。聽嘟嘟嘟的汽笛聲。晚上睡覺以前，總要媽媽給我泡一杯檸檬紅茶。媽媽說檸檬不像桔子，很難買得到，就用桔子皮代替。她說桔子皮更好，清肺補氣的。爸爸覺得很有道理，竟然也喝起桔子皮紅茶來了。

阿榮伯的回信來了。黃黃的粗紙上，畫了一條大火輪，有汽笛，有門窗，窗子裡伸出兩個孩子的頭，一定是哥哥和我吧！一個壯漢在船頭把舵。邊上寫著：「火輪火車一樣好，桔子檸檬一樣香，你們兄妹早點回家鄉。」端端正正的字，我知道是他請唱鼓兒詞的先生代寫的。阿榮伯常請他代寫家書給他姪子的。可是我看著念著，念著看著，想起阿榮伯牽我走田埂路去看小火輪的情景，就不禁眼淚汪汪的又要哭了。

在杭州的日子並不太快樂，因爲爸爸很忙，他每天都去司令部辦公，回來也少說話，總是很嚴肅的樣子，連那次在火車上的笑容都再也沒看到了。媽媽一天到晚靜靜地坐在房間裡繡花。哥哥上學去了，我一個人好冷清。

不知爲甚麼，爸爸忽然有一天不再去司令部辦公，媽媽說他辭職了，而且要帶哥哥去北京，命媽媽帶我再回家鄉。爸爸令出如山，我們活生生一對兄妹，又要被拆散了。這次我悶悶地坐在火車上，再也沒心思看窗外的風景，也沒心思吃蛋炒飯，喝檸檬紅茶了，沒有哥哥同我在一起，甚麼都不好玩了。我心中怨惱爸爸，又想念哥哥。

回到家鄉以後，就哭著向慈愛的阿榮伯訴說，阿榮伯直搖頭嘆氣說：「就這麼一對親骨肉兄妹，總要團聚在一起才是呀！妳那個軍官爸爸也不知是怎麼個想法。妳媽媽也太豆腐性子了。」後來我才知道，爸爸竟討了個姨娘，把她安頓在北京，媽媽知道了，才氣得寧可回家鄉。但她爲甚麼讓爸爸帶走哥哥呢？大人的事，我眞搞不明白。現在又硬生生地要和哥哥分手，我哭得連五臟六腑都倒轉過來了，難道媽媽不傷心嗎？

媽媽帶我回到家鄉以後，像是變了一個人，整天咬緊嘴脣，不再有說有笑。在廚房裡忙碌時，再也不像以前邊做事邊唱「十送郎」、「千里送京娘」了。有時坐在佛堂裡低聲念經，有時會恍恍惚惚地對我說：「小春，那年我們一家坐火車由上海到杭州，妳跟妳哥哥搶著吃蛋炒飯，喝紅茶，我跟妳爸爸看著你們笑，現在想想像是一場夢呢。不去想了，只要妳哥哥好就好。」我已漸漸懂事，知道媽媽的心有多苦。只好忍下滿眶淚水，不說一句話。

阿榮伯漸漸老了。我們再也沒心思一同去後河邊看小火輪到埠的情景了。惟一盼望的是哥哥的來信。火輪到時，好心的郵差會特地把信送到我家來的。可是哥哥的信越來越少，因爲他病了，沒有力氣寫信。盼著盼著，誰知最後盼到的竟是哥哥不幸去世的噩耗。我們母女和阿榮伯都哭得肝腸寸斷。

死別生離，使媽媽一下子老了，我也一下子長大了。我深深體會到人心的多變，世事的無常。我只有默默陪伴憂傷的母親，在佛堂裡頂禮膜拜。看母親兩鬢蒼蒼，眞擔心她如何承受喪子之痛？

往事悠悠，回想我們兄妹會少離多，再也沒想到那一回和哥哥同坐火車，是第一次，竟也是惟一的一次呢？

——原載民國八十五年三月十七日《星島日報》

萬金油的故事

頭有點暈暈的，抹上中國大陸友人寄來的清涼油，舒服多了。一位好友又特地給我送來一盒萬金油，是用小小玻璃瓶裝的。六角形，金色蓋子上一隻飛騰的老虎，真是虎虎有生氣。我最愛各種各樣的小瓶子，這個小瓶子裝的是香香的萬金油，我更愛不釋手了。

其實，清涼油與萬金油藥效差不多，而我對萬金油卻另有一分深深的情誼。話就得從童年時代我的兩位老朋友說起：

阿榮伯伯和阿標叔叔，是兩位分不開、打不散的好友，但兩位老人卻沒有一天不鬥嘴。有時爭吵得面紅耳赤，能整天不再說一句話。最後全靠媽媽這位和事老，溫一壺陳年老酒，切一大盤香噴噴的醬鴨，讓他們倆在廚房的餐桌邊對坐下來，慢慢地喝著酒、啃著醬鴨，氣也就慢慢地消了。我呢？正好左右逢源，有得吃又有熱鬧看，就一直黏在邊上，再也不肯回那暗洞洞的書房，跟老學究啃四書了。

有一次，阿榮伯傷風了。在那年代，我家鄉話沒有「感冒」這兩個字的。輕微的受涼叫做「傷冷棍」，意思也許是不小心著了一記冷棍，四肢有點痠軟，眼淚鼻涕一直流，但並不發燒，人照樣可以忙來忙去地工作。傷風呢？就嚴重多了，發燒頭痛，躺在床上起不來。阿榮伯先是「傷冷棍」，沒當心就轉爲傷風了。他心裡掛記田裡的工作，因爲正是忙碌的春耕時節。媽媽連忙熬了生薑紅糖湯給他喝，一點也不管事。頑皮的小叔說抽一筒大菸就會好，他總認爲鴉片菸是治百病的萬靈丹。我呢？急得在廚房裡團團轉。我掛心阿榮伯，他的呻吟聲我都聽到，但媽媽不讓我進他房間，生怕會傳染。我想到自己生病的時候，阿榮伯一定來陪我，講故事、唱山歌給我聽。他病了，我連看都不去看他，怎麼能算是他的好朋友呢？我又怎麼對得起他呢？幸得有阿標叔給他倒茶倒水，用菜油熬生薑給他渾身地擦。看阿標叔眉頭緊鎖、滿面愁雲，連每天必定要做的澆花剪草工作，都沒心情做了。小叔點頭嘆息道：「他倆眞是同氣連根的朋友啊！」我心裡好感動，才知道他們平常天天鬥嘴，只是好玩而已。我也想起自己和遠在北京的哥哥，也是同氣連根，眞盼望他能快快回來，回來以後，我一定不跟他吵架了。

一家人正在愁眉不展中，媽媽忽然想起她最敬重的橋頭阿公，有什麼疑難問題，他都會替我們出主意。媽媽就讓阿標叔快快去請教他。阿標叔馬上去了，不久就笑逐顏開地回來，從口袋裡摸出一個圓圓的小紅鐵盒，告訴媽媽說：「這是從遠遠的外國——南洋帶來的萬金油，給他抹在太陽穴、後頸窩、四肢關節、鼻孔、肚臍上，通通氣，出一身汗就會好。」媽媽連忙合掌拜佛，感謝菩薩保佑。

阿標叔興匆匆地給阿榮伯抹萬金油時，卻聽阿榮伯大聲地叫：「我不要抹這種洋藥，我要擦新鮮的薄荷葉。」阿標叔理也不理就給他渾身抹了。出來時把那小紅盒子小心地收在廚房碗櫥抽屜裡，吩咐我不許亂動。我只好說：「用完以後，殼殼要給我喲！」（殼殼是鄉下孩子的話，小盒子的意思。）他摸摸我的頭說：「去向橋頭阿公要吧！他有的是各種殼殼。是他外甥從南洋帶來給他的。」我心裡想，南洋好遠啊！一定比爸爸那兒的北京還遠。不然的話，爸爸為什麼不買點小紅盒的萬金油寄給我們呢？媽媽常常喊頭痛，我也常常會「傷冷棍」呀！

阿榮伯病好以後，和阿標叔仍舊是說不到幾句話就鬥起嘴來。媽媽說：「阿榮伯，你不要忘了阿標叔給你抹萬金油的情誼啊！」他才不作聲了。

有一天，阿標叔去城裡辦事，天黑才回來。他說沒趕上最後一班小火輪，是搭小舢板回來的。媽媽說：「你辦事牢靠，怎麼會沒趕上小火輪呢？」他笑嘻嘻地從口袋裡摸出三盒萬金油說：「就爲買這東西，找了好幾家藥鋪才買到。現在傷風的人很多，萬金油都缺貨哩。」說著，他遞一盒給媽媽，讓她放在身邊，頭痛時就抹一點。又遞一盒給阿榮伯說：「我們一人一盒，都放在貼身口袋裡，包你百病消除。」

頑皮的小叔看在眼裡，就用平劇道白的調子有板有眼地說：「大嫂呀大嫂，這萬金油嘛，是萬靈丹喲！」

媽媽哈哈大笑起來，我卻央求道：「殼殼都要給我啊！」

阿榮伯抱起我說：「妳放心，等我和阿標叔合買的彩券中了頭彩，我們就打個黃金的殼殼給你。」

阿標叔高興起來，也學小叔用京腔唱起來：

「那才是萬金、萬萬金的黃金萬金油哪！」

——原載民國八十五年四月二十八日《中華日報》

父親的兩位知己

父親生平有兩位最知己的好友，一位楊雨農伯伯，一位劉景晨伯伯。他們都住在縣城裡，離我們鄉下有三十里水路。那時交通不便，又無電話可通，好友想見面並不太容易。每回只要聽到父親用極感人的音調，琅琅地吟起詩來，就知道他又在想念兩位好友了。兩位伯伯也心有靈犀，儘可能聯袂下鄉來和父親歡聚。楊伯伯談興高，劉伯伯酒量宏，父親雖不善飲，也爲好友小酌半杯助興，大家都笑逐顏開起來。

慈愛的楊伯伯逗我玩時，我的小手就伸到他黑馬褂口袋裡掏巧克力糖，那是他老人家特地給我買的。我曾悄悄地問他說：「楊伯伯，我聽爸爸稱劉伯伯冠三兄，向朋友介紹時，就稱他貞晦或景晨先生，爲什麼他有三個名字，您只有一個名字呢？」楊伯伯笑咪咪地說：「我的名字是振炘，雨農就是我的號。你劉伯伯要作詩、寫文章、又要畫梅花，所以要多用一個別號。」媽媽在一旁笑道：「妳楊伯伯的大名是響鐺鐺的喲！他是溫州商會會長，縣立中學與甌海醫院董事長，又是各慈善社團的高級顧問，他急公好義，熱心助人，一提楊伯伯的大名，誰人不知呢？」楊伯伯只是微笑。我仰起頭來望著他，他烏黑的八字鬍鬚托著圓圓大大的鼻子。爸爸常常誇他鼻如懸膽，顯出一臉正直之氣，我覺得他笑咪咪地，更顯得一臉的慈祥呢！

劉伯伯卻不常笑，他總是端端正正地坐著，一對眼睛睜得大大地看著我，命我背《詩經》、唐詩給他聽。我戰戰兢兢地背了一首又一首，他只眼觀鼻、鼻觀心地點點頭，並沒誇獎我背得沒錯，也沒賞我巧克力糖吃。他就是那麼地嚴肅，只有在喝酒的時候，才談笑風生起來，父親贈他從上海帶回的名牌洋酒，他只打開聞聞，並不怎麼喜歡，卻特別欣賞母親從陳年老酒蒸出來的「老酒汗」。他說：「老酒汗一碰到鼻子尖，五臟六腑都會通暢起來，那才是眞正的好酒哪。」聽得母親好高興，哪怕他一頓飯要吃上兩個鐘頭，她都有耐心一再爲他添菜：因爲她最最欣慰的是看到父親和兩位老友談心、開懷歡笑的神情。

風趣的楊伯伯，看劉伯伯已醉態惺忪，就命我取紙筆紅硃來，請劉伯伯即興畫梅題詩留念。劉伯伯卻摸摸鬍鬚說：「酒還未醉，詩興還沒來。」父親回頭看窗外盛開的紅梅，隨口吟道：「雪梅已是十分春，卻笑晨翁詩未成。」劉伯伯也看看窗外，接口道：「高格孤芳難著墨，無如詩酒兩忘情。」他們一唱一和，我在一旁聽得發呆，心裡卻好佩服。

劉伯伯又乘興吟起前人的詩來：「有梅無雪不精神，有雪無詩俗了人。日暮詩成天又雷，與梅添作十分春。」我鼓起勇氣說：「您正在飲酒。第二句的『雪』字應當改為『酒』字。現在為白天，不為日暮，可不可以把第三句的『日暮』改為『醉及』呢？」劉伯伯速速點頭道：「對、對。」坐在我旁邊的楊伯伯，摸摸我的頭說：「女兒眞聰明，女兒好好用功讀書，希望將來成個才女。」我越來越得意地說：「伯伯，我媽在廚房裡煮飯燒菜，我幫她在灶下添柴，我現在就是媽媽的『柴女』呀。」聽得二位伯伯都大笑起來。

酒後的劉伯伯，已不那麼嚴肅了，我就趁機會要求道：「伯伯，請您教我畫梅花好嗎？」他摸摸鬍鬚說：「妳想學畫梅花，就一定先要臨碑帖，要有恆地天天習字，字有根基以後，才能學畫梅花，因為梅的枝幹就好像篆、隸的筆礫，花朵卻像行、草的婉曲柔美，在柔美中透出韻致，也表現了一個人的眞性情。」劉伯伯把畫梅花的道理說得這般高深，我聽來實在不懂。想想老師總是責罵我不肯用心習字，字寫得像八腳蟹滿紙爬，哪裡還能畫梅花呢？

我問劉伯伯「最得意的詠梅詩是哪一首呢？」他沉吟了一下說：「還沒作出來呢！」再問他「畫得最得意的梅花是哪一幅呢？」他搖搖頭說：「還沒畫出來。」他放下酒杯，牽起我的手，慈祥地說：「妳要知道，讀書、作詩、畫畫、都是永無止境的。這就是苟日新、又日新、日日新的道理，妳懂嗎？」

伯伯的誨諭，我當時聽了只是茫茫然，長大以後，才日益有所領悟了。

我最最快樂的事是由父親帶到城裡楊伯伯家去作客，楊宅府第極大，兩幢房子相毗連。一幢是他們一家人居住，一幢供親友留宿，並開放給遊客觀賞。亭台院落，樹木青蔥，我常與楊宅小朋友們在曲折的假山矮樹叢中捉迷藏遊戲。慈愛的楊伯母，給我口袋裡裝滿了糖果，端張矮凳叫我坐在她身邊，聽她慢條斯理地講故事。她與楊伯伯一樣，也是那麼地和藹、慷慨，樂於助人。所以楊宅裡經常是高朋滿座，一片欣欣向榮氣象。

最令人敬佩的是伯伯與伯母事親至孝，無論多忙，必定每日向太夫人晨昏定省、垂手恭聽誨諭。太夫人午睡時間，全府上下必然鴉雀無聲，深恐驚醒老人家，想見楊伯伯以孝治家之感人。

我十歲以後被帶到杭州求學，就很少有機會與二位伯伯見面了。直到抗戰第二年，全家避亂重返故鄉，始得與二位伯伯重聚。不幸的是父親因肺病沉痾不起，一年後竟撒手西歸了。我在極度悲痛中整理父親書札遺物，發現他有三首贈二位伯伯的詩，竟以病篤未能寄出。其一云：

久闊喜重逢，況於大亂中，
誰逃爭戰禍，各慰起居同；
杯酒傳清話，圍爐敘曲衷，
獨嫌離別速，一飯太匆匆。

父親是位軍人，戎馬倥傯中，未遑學詩。而此詩情辭懇摯，無限知己之感。令我悲

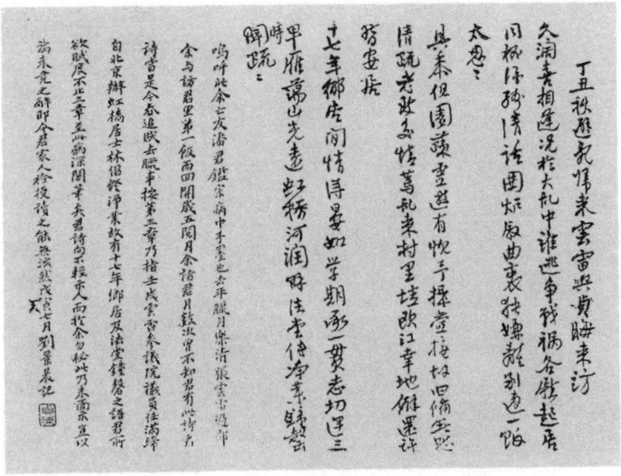

琦君父親潘鑑宗先生遺墨

痛的是「獨嫌離別速，一飯太匆匆」二句，竟成讖語，伯伯讀故人遺作，焉得不淚下沾襟。

我聽從二位伯伯勸諭，不得不於戰亂中拜別慈母，再赴滬繼續大學學業，畢業後因太平洋戰爭爆發，海上交通被日軍水雷封鎖，不得不滯留上海，在母校任中文系助教。半年後驚聞母親病篤，乃冒萬險繞旱路趕回家中，竟不及見慈母最後一面。人間哀傷，何有甚於此者？

禍不單行的是鄉下老屋書房，竟遭日機炸毀一角，先父藏書都被炸得殘缺不全，因知楊伯伯早已將他的全部藏書字畫碑帖等捐贈籀園圖書館，乃遵他老人家指示，將有限餘書，也捐贈該館，爲先人留點紀念。

歲月匆匆，由於局勢與人事的變遷，竟與二位伯伯音書阻絕十年。仰望雲天，曷勝慨嘆。如今我也是垂暮之年，回首前塵，兩位老人家的笑貌音容，仍不時浮現心頭。聊可寬慰的是父親與兩位知音，得以在天堂中長相聚首，詩酒言歡，暢談今昔，應再不會有「一飯太匆匆」的遺憾了。

——原載八十六年五月六日《中副》

橋頭阿公

幼年時，常看見媽媽微微皺起眉頭，自言自語，好像有什麼疑難問題的樣子，我就會喊：「媽媽，您別發愁，我去請橋頭阿公來商量。」媽媽就會高興地說：「對啊，妳快去請橋頭阿公來！」

橋頭阿公是我們全村敬重的老爺爺，他住在一條竹橋那頭的小鎮上，大家都尊稱他橋頭阿公。

那時他大約六十多歲，走路飛快。手捏旱菸管，菸絲袋掛在腰帶上蕩來蕩去。他來我家都是和阿公各人一把竹椅子，對坐在廚房外的走廊裡說古道今。兩位老人性格不同，外公一團和氣，喜歡講笑話逗人樂。橋頭阿公卻有點嚴肅，言笑不苟。他有個外號叫「單句講」，意思是一句話吩咐出來，就令出如山，絕無更改。他是地方上的權威審判官，人人都敬畏他，有什麼疑難糾紛，都要請他做裁決。他一聲不響地先聽大家說，抽完一筒旱菸，在石板地上托托地敲著菸灰，才開口說話。再複雜的糾紛，他三言兩語就給判定了，大家都口服心服。外公也摸著鬍鬚誇他：「你到底是認得幾個白眼字的橋頭公，不像我這個只會啃番薯的山頭公。」（白眼字是我家鄉的土話，認得很少字的意思。）

媽媽聽了就笑咪咪地說：「橋頭阿公，山頭阿公，都像神仙伯伯一樣，哪個人不喜歡、不敬重呢？」

我趴在外公懷裡，啃著橋頭阿公給我的炒米花糖，聞著他一口口噴出來的旱菸味，感到好溫暖啊！

爸爸從北京回來，就恭恭敬敬地去給橋頭阿公請安，接他到家裡來吃豐富的午餐。爸爸敬他一支加利克香菸，他搖搖頭說：「我不抽洋菸，鄉下的菸絲才是去火氣的。」爸爸給他斟一杯白蘭地酒，說這是多年陳酒。他有點生氣地說：「喝什麼白蘭地？自己家釀的陳年老酒多香呀！」爸爸只好唯唯聽命。我坐在外公身邊，看神氣的爸爸也得聽橋頭阿公的訓，心裡好高興。媽媽站在一邊，笑咪咪地說：「洋酒與土酒，洋菸與土菸，各有味道，也像人一樣，各有不同脾氣吧！」

一點不錯，我的山頭阿公慈眉善目，笑口常開，可是「單句講」的橋頭阿公，卻很少有笑容。我見了他也有點怕怕。但當我用心寫字讀書的時候，他也會走來摸摸我的頭，從口袋裡掏出一枚銀角子給我說：「存起來。」也是「單句講」。我捏著那枚暖烘烘的銀角子，仰臉望著橋頭阿公，頓時覺得他也慈眉善目起來。

我漸漸長大以後，也漸漸懂得爲什麼橋頭阿公這樣受人敬重，實在是由於他溫而厲的性格，正直不阿的做人原則。他爲鄉人排難解紛的智慧與魄力，令人由衷地欽佩。難怪像我父親那樣一個曾經叱吒風雲、當過師長的人，都那麼敬畏他呢！這使我記起兩件事來：

有一次父親忽然興致起來了，命我捧著釣餌、提了水桶，跟他去門前河邊釣魚。他把大把的釣餌撒下去，然後垂下釣絲，一下子就釣起一條活蹦活跳的魚來，放進水桶裡。我看魚在水桶裡驚慌的樣子，心裡有點不忍，就求父親說：「爸爸，我們把魚放了好不好？」父親生氣地說：「特地釣的魚，爲什麼要放掉？」我就不敢作聲了。鄉人看見「師長」在釣魚，只站著看一下就走了。因爲這條河是沒有人敢大把地撒釣餌的。正巧橋頭阿公走過，立刻命令道：「把魚放回河裡去，活生生的魚，爲什麼要把牠釣上來？這條河要保持清潔，不能撒釣餌的。」我覺得好奇怪，怎麼「單句講」的橋頭阿公竟然會一口氣說了那麼多話，他一定是很生氣吧。

父親被訓得沒有了興致，只好帶我提了水桶回家了。過了好一會，父親用低沉的聲音說：「橋頭阿公的話是有道理的。河裡的水，是供全村的人飲用的，應當保持清潔才對。」

如今想想，橋頭阿公在那個時候就已經有環保意識了。而父親的勇於認過，也給我留下深刻印象。

又有一回，橋頭阿公看見我在竹橋上來回走著玩，他說：「這條竹橋是兩岸的通道，妳在上面跳來跳去，不是擋住來往行人嗎？」嚇得我趕緊下來了。他卻又說：「妳愛走橋，我帶你去踩後山溪那條石丁步。來回踩幾次，膽子就大了，腳步也穩了。」我只好戰戰兢兢地被他牽著手去踩石丁步。

所謂的「石丁步」，就是在急流的溪水上，排著大小高低不太平均的石塊，鄉下人往山裡挑擔子下來，不願繞路去走那條搖搖晃晃的竹橋，都走這條石丁步，很快就可到鎮上了。他們穿著草鞋，踩石丁步健步如飛。而我一跨上那斜斜的石塊，腿就發軟。橋頭阿公說：「這才是眞正走橋，一步步跨過去，眼望前看，心不要慌，腳步就穩了。」我只好緊緊捏著他的手臂，一步步地跨過去，心裡雖然害怕，卻也走完了一條石丁步，膽子馬上壯了不少。我放開橋頭阿公的手臂，自己再試走一遍。心不跳了，腳步也穩多了。

回來得意地告訴母親說：「媽媽，我會踩石丁步了。是橋頭阿公帶我踩的。」母親高興地說：「是應當多練練膽子的。做一個人，一生一世不知要走多少條橋，過一條橋就到一個新的地方，多開心呀？妳要牢牢記住橋頭阿公是怎樣教妳踩丁步的，丁步比橋難走多了。」

到今天，我仍記得橋頭阿公那隻扶著我的穩健手臂，和帶我踩丁步的高興神情。他教了我許許多多道理，他並不是嚴肅的「單句講」，而是一位跟外公一樣慈愛的爺爺。

——原載民國八十四年六月十二日《世界日報》副刊

媽媽，我跌跤了！

小時候，我是個胖嘟嘟的笨娃兒，走路搖搖晃晃，一不小心就跌跤。有一次，跨廚房門檻時跌倒了，我生氣地躺在地上不起來，尖起喉嚨喊：「媽媽，我跌跤了。」誰知媽媽竟連看也不看我一眼，只顧拿著鍋鏟炒菜。我越生氣越大聲地喊：「媽媽，妳沒有看見我跌跤了嗎？」媽媽轉過臉來，慢吞吞地說：「跌跤了就爬起來嘛。」我說：「我膝蓋好疼啊！」媽媽笑了，越發慢條斯理地說：「妳膝蓋是豆腐做的呀？」我說：「門檻太高，把我絆倒了，膝蓋都碰紫了呀。」媽媽不說話了，也不走過來扶我。在灶下添柴燒火的五叔婆說：「對呀，門檻太高，是門檻不好，把妳絆倒了，快用拳頭捶門檻吧。」我握住小拳頭，正要捶門檻，媽媽放下鍋鏟，走過來大聲地說：「起來，是妳自己不小心跌跤的，怎麼怨門檻。再賴著不起來，我就要打妳了。」我嚇得一骨碌爬起來，噘著嘴，想哭又不敢哭。但也並不向五叔婆身邊跑。因爲都是她叫我搥門檻，惹媽媽生氣的。

我站在門邊，半天不敢往媽媽身邊跑。媽媽已炒完菜，坐在長板凳上，似笑非笑地看著我。我這才一步步挨上前去。她把我拉到懷裡，慢聲細氣地說：「走路要小心，做什麼事都要小心。做錯了就想想看，是怎麼錯的。不要怨別人。」我抽抽噎噎地說：「我是想過了，是門檻太高，把我絆倒的呀。」媽媽笑嘻嘻地說：「門檻是高了點兒，但妳天天在跨進跨出，今天又不是第一次。跨高門檻，腳要高點兒，就不會絆倒啦！絆倒了也就自己爬起來嘛。妳這樣躺在地上喊媽媽，不是要賴嗎？媽媽不喜歡妳這樣。」

我呆呆地聽著，眼睛一直盯著媽媽看。看她臉上已一點生氣的樣子都沒有了。我才抹著眼淚說：「媽媽，我下回不要賴了，跌跤了就爬起來，我要小心走路。阿榮伯伯說的，小姑娘臉上跌破了有個疤，就是破相。」我還沒說完呢，五叔婆馬上接著說：「對呀，破了相的姑娘，長大了有誰要呀！」我好生氣，跺著腳喊：「五叔婆，我不要妳管。」我又抽抽噎噎地哭起來，爲什麼五叔婆要這樣對我冷一句熱一句的呢？

媽媽一聲不響，只把我緊緊抱在懷裡。用暖烘烘的手，抹去我的眼淚，好久好久，她才附在我耳邊輕聲地說：「聽媽媽話，不要哭。五叔婆是很疼妳的呀。」

我仰臉看見媽媽眼中也滿是淚水，才趕緊忍住不再哭了。我不願媽媽爲我傷心。阿榮伯伯說的：「母女連心。女兒哭，媽媽心疼。女兒不乖，媽媽心碎。」我緊緊抱住媽媽喊：「媽媽，我乖了，妳不要哭啊？」

五叔婆楞楞地看著我們半天，忽然嘆口氣說：「看妳娘兒倆多親暱？我就沒哪個喊一聲娘，勸我別生氣、別哭。」

我聽了好難過，才知道五叔婆沒有兒女在身邊，很孤單，很苦。我也愈發感到媽媽摟著我的溫暖和幸福。

晚上臨睡時，媽媽柔聲對我說：「小春，以後記得不要再惹五叔婆生氣。長輩們都是心事重重的啊！」

看媽媽眼中汪著淚水，我好像一下子明白了，媽媽也是心事重重的人。我以後再也不頑皮、不要賴，免得媽媽爲我太操心，才是孝順女兒啊！

我的朋友豬寶寶

幼年時在農村，狗、黃牛和豬，都是我的玩伴。我可以天天擁抱貓狗，可以隨時牽著黃牛到田間讓牠吃草。而豬卻必須關在豬欄裡，只有在女幫工送熱騰騰的飼料餵牠時，我才能跟去看看牠，摸摸牠。

餵豬的工作，母親一直交給女幫工吳媽，自己從不去豬欄。我問吳媽：「媽媽買了這一隻豬寶寶，爲什麼不來餵牠呢？」

吳媽說：「你媽媽吃素念經，就怕眼看豬寶寶一天天長大呀！」

我奇怪地問：「長大了不好嗎？媽媽還總是嫌我長不大呢！」

「笨姑娘啊！豬長大了，到過年時就要一刀給宰了呀！」吳媽說。

我聽了心裡好難過，就伸手從豬欄縫中摸摸小豬毛髮稀疏的頭頂，拎拎牠粉紅色的耳朵，喃喃地說：「豬寶寶，你別長大喲，長大了就要把你宰了。」

吳媽大笑說：「妳眞傻，不宰牠，妳哪來嫩豬肉吃呢？妳媽給妳抄的米粉絲，妳還嫌肉絲不夠多，不好吃哩！」

我聽了，心裡更難過了，就顫聲自言自語地說：「明天起，我不吃豬肉絲了。」

吳媽咯咯地笑得更響了。她說：「好，妳不吃豬肉絲了，那麼妳媽煨的香噴噴紅燒肉呢？」我聽得都要哭出來了。

我回到廚房裡，呆呆地半天不說話。吳媽邊笑邊告訴老長工阿榮伯，說我明天起不吃豬肉了。阿榮伯摸摸我的頭，說：「小春，妳放心吃吧，豬是玉皇大帝註定要給我們吃的。宰牠吃了不會罪過，是牠前生作了孽，才變成豬的。受了一刀之苦以後，就好轉世做人了。」

站在邊上的小幫工阿喜搖頭晃腦地說：「阿榮伯，你不是常常說我吃相難看，前生一定是一隻豬嗎？我就算是豬，一定不是貪吃貪睡的懶豬，才得轉世做人哪！」

聽得阿榮伯和正在忙碌的媽媽都哈哈大笑起來。我卻有點心事重重的，想想自己究竟應不應該吃豬肉呢？這時候，銅鍋裡紅燒豬肉煨芋頭的香味已經瀰漫整個廚房。我抽了一下鼻子，問媽媽：「我不吃豬肉了，芋頭可以吃嗎？」

媽媽很生氣地說：「妳要做尼姑哇！不吃肉怎麼長大？」

我想想豬欄裡豬寶寶活潑的樣子，牠的瞇縫眼兒一直看我，牠捲捲的小尾巴一直搖，我怎麼能吃牠的肉呢？我想著想著，眼淚都忍不住流下來了。

教我讀書的老師是吃長齋的。我把滿肚子心事對他說了，他點點頭，拍拍我的肩膀，就撥著念佛珠去廚房裡對我媽媽說：「大嫂，妳也是吃齋念佛的。修行的人，第一是戒殺，過年過節，千萬不要殺生。」

媽媽嘆口氣說：「我也知道殺生罪過，只是不殺豬，不殺雞鴨，拿什麼祭祖先呢？」

老師說：「新鮮瓜果蔬菜祭祀祖先最好沒有了。」

媽媽說：「長工一年到頭很辛苦，過年時候怎麼能不請他們吃肉呢？」

因此，吃肉還是吃蔬菜，吃蔬菜還是吃肉，就不時在我心中七上八下地打轉。我又想起豬欄裡的豬寶寶，就轉身再向豬欄跑去，我要去看看牠，多摸摸牠，心裡才會好過些。

我一天天長大了，總是瘦瘦的，吃飯沒有胃口，媽媽說我「人在福中不知福」，卻又為我的長不胖心焦。於是想出辦法，把豬腿上的瘦肉煨爛，炒成肉鬆，拌在飯裡給我吃。媽媽炒的肉鬆實在香啊！想起阿榮伯說豬是玉皇大帝註定給人吃的，我馬上跑到佛堂裡拜了三拜，回到廚房就心安理得地把噴香的肉鬆拌飯吃完了。

不久，爸爸從北京回家鄉來了。帶回來一個二姨。她細皮白肉，比媽媽年輕美麗多了。但是我見了她總是遠遠躲開。

有一次，我從豬欄邊看吳媽餵豬回來，剛跨進堂屋，二姨就抽抽鼻子，皺起眉頭，說：「怎麼有一股子豬臭味？好難聞哪！」

媽媽有點兒生氣，叫我不要再去豬欄邊，也不要再掛心豬。卻一邊用雙妹牌花露水把我滿頭滿臉的一陣抹。我香噴噴的再走進堂屋裡，二姨正好在那兒。她又抽抽鼻子，說：「花露水和豬臭味兒混在一起，越加難聞了。」

我氣得都要哭出來，才知道香和臭，臭和香，原是沒什麼標準的。反正我在她心中是跟豬一樣臭的吧？因此，我對豬也格外同病相憐起來，就不忍心吃豬肉了。

每年臘月宰豬的日子，是要由阿榮伯看黃曆選定的。日子一選定以後，媽媽和我都茶飯無心，天天並排兒跪在佛堂裡，念老師教的大悲咒、往生咒。奇怪的是，豬欄裡原本貪吃的豬，也不再吃一口飼料了。難道牠真知道大限已到了嗎？老師說的對，衆生都有靈性，我們爲什麼不能戒殺呢？

媽媽已經遠離廚房，一心念佛，但是她仍然無法改變習俗，吩咐不要殺豬。我已經漸漸長大，牢牢記得《論語》裡「見其生不忍見其死，聞其聲不忍食其肉」的訓誨，心中越發充滿矛盾。

爸爸和二姨都是每餐非吃肉不可。他們的菜都由北京帶回的廚子來燒。再香的菜也引不起我一點胃口。只悔恨自己沒有能力保護我的豬朋友，免牠一死之苦。我再也不忍心跟吳媽去豬欄裡看牠、摸牠了。

時光就在鬱悶與矛盾的心情中匆匆度過。一直到我十歲出門求學，遠離家鄉，也遠離了母親。而她每天清晨拜佛的虔誠神情，時時都在我眼前。每次寫信回去向她報平安時，總要問起過年是不是仍舊要殺豬。母親自己不會寫信，叔叔的代筆信只有寥寥數語，哪裡會提到殺豬的事呢？

課業繁重中，我也不再去想那許多瑣碎的事情了。但是每到隆冬，在冷清清的學生宿舍裡，就會想起家鄉的農曆新年，想起母親的辛勞和憂鬱，也想起阿榮伯幫著屠夫，磨刀霍霍的忙碌興奮神情。我又怎能忘記家裡每年養的一頭豬，都由活潑潑的豬寶寶長大，成了慵懶酣睡的大豬，終至被宰當祭品？牠溫厚的憨態，牠的友善，牠臨刑時一聲聲悽厲的悲號，怎不使我感到刻骨銘心的悲痛呢？

可是，幾十年來，在日常生活中，由於種種客觀原因，我竟始終未能澈底戒除肉食。仔細想想，我又有什麼資格算是豬的好朋友呢？

——原載《國語日報》

媽媽炒的酸鹹菜

小時候，每頓吃飯時，我一爬上凳子就夾一筷子的酸鹹菜，放在嘴裡嚼，胃口馬上大開啦。

媽媽炒的酸鹹菜，味道和別家的就是不一樣。因爲她加了豆瓣、小蝦、糖、醋，再澆上麻油。我最愛吃裡面的小蝦。

外公說海蜇沒有眼睛，全靠成千上萬的小蝦，密密麻麻趴在牠身上，替牠指路認方向，互相合作，多麼難得呀！媽媽聽了就不忍心吃小蝦，只給自己拌一碟素鹹菜。貪心的我，吃了她特地給我做的蝦炒鹹菜，還要搶她的素鹹菜吃。

外公總怨媽媽把我寵壞了，媽媽卻笑嘻嘻地說：「我小時候，您不也這樣寵我的嗎？」

外公摸著鬍子呵呵地笑了。我呢？更得其所哉地大吃特吃起來。

炒鹹菜是媽媽的拿手菜，但是醃鹹菜卻是長工伯伯每年年終辛苦的工作。媽媽把一株株晒乾的芥菜整理得乾乾淨淨，由長工放進大缸，加入大把大把的鹽，再跳進缸裡用雙腳使力地踩。

我在旁邊喊：「腳好髒啊！」

媽媽走過來，一把摀住我的嘴說：「不許亂講，這樣寶貝的菜，怎麼會髒？」

長工更得意地說：「我們種田人，一雙腳天天沖水，晒太陽，怎麼會髒？妳這千金小姐，雙腳緊緊包在襪子裡不透氣，才髒呢。」

媽媽聽他們這樣說，趕緊走開了。因爲她是一雙小腳放大的，聽了心裡好難過。我也很後悔，不應該引得長工伯伯說那樣的話，害媽媽不好意思。

好心的媽媽生怕長工不高興，又連忙對我說：「長工伯伯踩鹹菜，腳被鹽水泡得好痛，妳不要在旁邊亂說話，要多體諒大人做事的辛苦。」我聽了，竟然忍不住哭起來了。

我儘管嫌鹹菜用腳踩的很髒，但是吃起來卻那麼津津有味；因爲媽媽的菜，調味實在高明。她平時很儉省，但是燒菜給大家吃，卻絕對不省油和作料。爲了要大家吃得高興，她還說：「麻油是清腸胃的，酸鹹菜淋了香香的麻油，是『咬食』

的。」

我最最喜歡聽她說「咬食」這兩個字，那意思是說「幫助消化」，把吃下的飯菜都咬得碎碎的。那是在山鄉的外婆說的土話。媽媽因爲外婆過世得早，心中格外思念外婆，所以總喜歡做外婆教她的土菜，學外婆老人家愛說的土話。她滿腔的思親之情，豈是年幼的我所能領會的呢？

長大以後，離開媽媽，離開家鄉，路途迢迢地被父親帶往杭州上學。在女生宿舍的食堂裡，吃著不對胃口的冷冰冰飯菜，心中思念媽媽，不免想起她特別爲我炒的小蝦酸鹹菜。在臨別的千叮萬囑中，她還說：「眞恨不得給妳帶一大缸的酸鹹菜去，讓妳頓頓飯都吃得飽飽的，身體健康，好好求學。」

我忍著眼淚，在心中默禱：「媽媽，您放心吧！酸鹹菜的香甜滋味，永遠在我心頭。有您的愛，我會健康，我會努力求學的。」

——原載民國八十四年六月七日《國語日報》

妳莫哭呀！

——記中學的地理老師

中學教我們地理的女老師，梳一個香蕉髻，臉一點也不綳緊，總是笑咪咪的。第一天上課時，她走進課堂，就在黑板上寫了一個大大的「房」字，托了下玳瑁邊眼鏡，對我們說：「我姓房，房子的房，不是四方的方。這個姓不太多，同學有沒有跟我同一個姓的，請舉手。」

沒有人舉手，大家都嘻嘻哈哈地笑，她搖搖手說：「莫笑，莫大聲笑，現在是上課時間喲。」她說的不是杭州話，口音有點像平劇裡的道白，尾音拖得長長的。她告訴我們，她是湖南人，離浙江杭州好遠好遠呢。

她好和藹，一副寬邊大眼鏡遮住了半張臉，鼻子圓圓的，圓鼻子的人一定是和氣的，大家一下子就都喜歡她了。幸運的是，她正好是我們的級任導師，所以就格外感到親切了。

我是班上最矮小也最膽怯的人，所以房老師對我照顧格外多，我也特別依賴她。那時我母親還遠在故鄉，父親對我十分嚴厲，受了委屈就向房老師傾訴，她總是叫我低頭禱告。她說：「主耶穌會與我同在，什麼懊惱都會消除。對人要愛，不要恨，就會快樂。」我說：「我媽媽信佛，我要信佛。」她笑笑說：「上帝也是佛，耶穌就是觀音，只要有信仰就好。」她不像別的基督徒那樣排斥其他宗教。她也不反對祭拜祖先，她說這是孝道，人不能忘本。她常帶領我們祈禱，指引我們讀《聖經》，使我們領悟很多。

我本來是最不喜歡地理的，由於房老師的細心教導，諄諄善誘，我對於原感到非常枯燥的地理課，也有了興趣，好好地聽講，記筆記，畫地圖。房老師總是在黑板上一筆就畫出一省的地圖來，然後用綠粉筆畫山脈，藍粉筆畫河流，白粉筆畫鐵路，再用紅粉筆點出重要城市來，一個省分畫得五彩繽紛，但也讓我們腦海裡留下鮮明印象。

有一次舉行臨時測驗，記得是畫陝西省的地圖，我也學著房老師，一筆就畫出陝西的輪廓來，自己感到很得意，正仔細在上面畫山脈河流等等呢！房老師走過來，看見我桌上擺著地理課本，我匆忙中忘了收進抽屜裡，她拿起書翻了一下，馬上把書和我畫好的地圖一起收去了，再拿一張白紙給我，輕聲地說：「妳再重畫一張。」我立刻分辯：「房老師，我並沒有翻書看，是我默出來的。」她仍說：「妳重畫一張。」我心裡好委屈，邊畫邊掉眼淚，淚水紛紛落在紙上。房老師竟懷疑我偷看書，我最敬愛的老師竟以爲我不誠實、考試作弊，我是多麼冤枉、多麼委屈啊！

地圖畫完，我就伏在桌上哭，房老師走過來拍拍我的頭說：「妳莫哭、莫哭，我相信妳是個誠實的孩子。」她越說我越哭得傷心，全班同學都覺得我好奇怪，還以爲我是故意撒嬌呢。我眞是越想越氣，在下午自修課的時候，房老師來查堂，因爲她是我們的級任導師，我一看見她，禁不住又哭起來。她立刻過來伏在我耳邊，低聲地說：「妳莫哭！妳莫哭呀，妳哭得房老師好難過。」我抽抽噎噎地說：「老師，我們全班同學個個都誠誠實實，從來不作弊，妳爲什麼懷疑我偷看地圖，爲什麼要我重畫一張？」我越說越激動，彷彿在家裡所受的委屈，統統都發洩出來，覺得世界上沒有一個人是眞正了解我、相信我、愛我的。

房老師一聲不響，只撫著我由我盡情地哭，哭夠了，哭出了氣，她才用她濃重的湖南話笑嘻嘻地對我說：「現在好了吧！莫哭、莫再哭囉。」可是她並沒有說：「是我不對，我不該懷疑妳的。」所以在我心裡，總有點不大愉快。

很久很久以後，我才漸漸明白，房老師並沒有不對。是我不守規矩，沒有在考試時把書放進抽屜，引她疑心。

這雖然是件小事，但由小可以見大。任何事都當依照規矩，不可疏漏。於疏漏中造成不可補救的錯誤或誤解，那就追悔莫及了。

無論如何，我最敬愛的房老師是對的。她要我重畫一張地圖，就是給我一個表白的機會，並不是對我的不信任。她默默地撫慰著我，由我痛哭，正表示她的慈愛寬大。

她那一聲聲的：「妳莫哭啊！」我一生都牢牢記得，也深深體會到，做人做事，只要誠誠懇懇，問心無愧就好。萬一受人誤解，應當坦蕩蕩以行爲表白，不要氣惱，不要只感到委屈。也就是房老師勸慰我的：「妳莫哭啊！」

我的蚌殼棉鞋

每到冬天，怕冷的我，穿上厚毛襪保暖時，總會想起小時候姨婆親手給我縫製的蚌殼棉鞋。

由於外婆過世得早，姨婆就格外疼我。但因她家住在很遠的青田，平時很少來我家。有一年，母親一定要接她來過新年。農曆十二月二十三送灶神前夕，姨婆坐著竹兜來了。我扶著她邁著三寸金蓮，走進堂屋，坐定以後，就把我抱得緊緊的，還沒說話呢，眼淚卻簌簌地滴下來。我奇怪地問：「姨婆，您累了嗎？為什麼哭呢？」她卻又笑起來說：「我不累，看見妳長大了，眞高興呢！」邊說邊在包袱裡掏出一雙棉鞋遞給我說：「給妳做的蚌殼棉鞋，穿穿看，大小合適嗎？」

「蚌殼棉鞋呀！」我高興得直跳，馬上坐在門檻上，脫下鬆垮垮的舊鞋，把嶄新的蚌殼棉鞋套上，大小正合適，好軟，好暖和啊！

媽媽說：「現在別穿，大年初一才穿！」姨婆說：「讓她穿，穿破了我再給做。我做的鞋底最堅實，讓孫女兒穿了走路平平穩穩的，一生都平平安安。」（我家鄉「安」與穩同音）姨婆一口的青田話，但我聽得懂，也學著青田腔說：「多謝姨婆，姨婆也平平安安。」

從正月初一到初五，姨婆吩咐把後門大大地打開，讓乞丐們一直走到廚房裡來，姨婆要親自分給他們粽子和年糕。乞丐們都高興地喊「老奶奶，添福添壽。」我也幫著分。卻看見一個跟我一樣大小的女孩，赤著雙腳，腳後跟都是紅腫的凍瘡。我問她「妳的腳疼不疼呀？」她沒看我，只搖搖頭。我再問她：「妳叫什麼名字？」她又搖搖頭，很生氣的樣子。姨婆遞給她兩條年糕，兩個粽子，她低下頭接過去，輕輕說了聲「多謝太婆。」就轉身走了。我看她雙腳後跟的凍瘡都裂開了，還淌著血。就忍不住追出去，脫下自己腳上的蚌殼棉鞋遞給她說「給妳穿。」她吃驚地望著我，半晌才說：「我是討飯的，沒有好命穿棉鞋，我不要。」我說：「妳帶回家，晚上洗了腳再穿，凍瘡就會好的。……她才伸手接過去，捧著走了幾步，又回頭對我說：「大小姐，我叫阿花。多謝妳啊。」她用手背抹著淚水，我的眼淚也流下來了。我說「妳別叫我大小姐！」姨婆和媽媽都一直笑咪咪地看著我，沒有說話。晚上睡在暖烘烘的床上，姨婆摟著我說：「那小女孩一定穿上妳給她的蚌殼棉鞋了。」我聽了好高興，就呼呼地睡著了。

過了幾天，阿花又來了，我看她的赤腳上凍瘡還是好紅腫，問她「穿了蚌殼棉鞋舒服點嗎？」她抹著眼淚說：「沒有得穿，給我後娘拿走了，她說討飯的，穿什麼棉鞋。她還狠狠地用拳頭搥我，大小姐，我的命好苦啊！」她抽抽噎噎地哭，我也跟著哭，只感到滿心的無奈。

姨婆拉她到懷裡說：「有娘生沒娘疼的孩子眞苦啊。妳不要哭，我再給妳些粽子年糕，妳帶回去，後娘高興就不會再打妳了。」她只是抽抽噎噎地哭，我望著媽媽說：「媽媽，讓她住在我們家好嗎？」媽苦笑著搖搖頭，我小小的心靈，已感到人世竟有那麼多的苦難與無奈。

那一年姨婆回去以後，就沒再來過。但每年冬天必定託人帶一雙蚌殼棉鞋給我。我捧著它，總會想起雙腳凍得紅腫的阿花。但她一直沒有再來過，我能到哪兒找她呢？

我十二歲那年，被父親帶到杭州考中學，媽媽把姨婆給我的蚌殼棉鞋包了收在我箱子裡，鄭重地對我說：「要記住姨婆的話，腳步踏得平平穩穩的，妳就會平平安安。」我忍住眼淚說：「媽媽，您放心，我會走得平平穩穩的。」

在異鄉求學，無時不想念慈愛的姨婆和母親。母親雖也曾到杭州小住過，但我卻沒有機會再見到姨婆了。冬天在寒冷的宿舍裡，穿上蚌殼棉鞋，心頭感到無限溫暖，也牢牢記得姨婆對我說的話：「我們的鞋底很堅實，穿了走路平平穩穩。」

現在，我比當年姨婆的年紀都大了。人生的道路，無論崎嶇或平坦，我都堅定地走過來了。但我心中總時時擁有一雙又軟又暖和的蚌殼棉鞋，那就是姨婆和母親給我的愛。

我也時常想起雙腳滿是紅腫凍瘡的阿花。她究竟在哪裡呢？我虔誠地祝福她能平平安安地過著日子，冬天裡，也能穿上暖暖的蚌殼棉鞋，享受兒孫繞膝的老來福。

第二輯

一日一回新

保持好心情

綠意盎然

向朋友要來一棵細細的蘭草，毫不經心地把它擺在一個大貝殼裡，再放在一個長方形玻璃盤中，周圍加些水草。靈機一動，把一組白磁小鵝，一對水鴛鴦也放在綠葉叢中，看去就像一方小小池塘。蘭草長得非常快，從正中央冒出一片片嫩葉，那一分綠，直綠到你心底，實在令人喜悅萬分。這一方寸的池塘，就成了我向朋友誇耀的主題。

我對於綠的興趣越來越濃，找出許多小瓶小缽，把「池塘」孳長的綠草，分插其中。琴几上，書桌上，到處地擺，戲稱之爲「綠豆芽」，眞個是滿屋的綠，滿處的芽，充滿了一片生機。

保持好心情

有一位比我年長的朋友，終日笑口常開。我問他爲什麼一直沒有抱怨憤怒呢？他笑嘻嘻地說：「心裡想著朋友對你的好，想著如何報答別人，就會快樂。如果想著別人對你不好的事情，自己生氣了，傷了身體，犯得著嗎？」他說得眞好，讓我想起四句順口溜：

不氣不氣不要氣，
氣壞身子沒人替；
你要生氣我不氣，
我如生氣中你計。

笑口常開

有一位老太太，終年笑口常開。別人問她有沒有憂愁的時候，她說：「怎麼沒有呢？但憂愁正是一種磨鍊。在憂患中，能體味世情的冷暖厚薄，就會格外感激對你協助、照顧的朋友，也懂得自己應當如何厚待別人。我心中充滿快樂，就是因爲總是想到別人對我的好。」

今日社會上人與人間的交惡與仇恨，如此之多。想想這位老太太的話，是否能爲自己的心田開拓一片新境界呢？

天下一家

我遊玩過兩處迪士尼樂園，最使我神往的，是那個「小小世界」，令你感到和平、幸福、快樂包圍了你，人就像飄飄然進入了神仙境界一般。歸途中，縈繞在耳邊的，就是那支「這是個小小世界」的美妙歌聲。歌詞似微帶感傷，但使你心情平靜無比。

每遇心中煩躁，對這充滿火藥味的人世感到絕望時，「這是個小小世界」的歌聲，總又會在耳際響起。我一直非常感激華德·迪士尼先生，爲兒童，也爲俗世的成人，帶來一個暫時忘憂的小小世界。

今春，意外地在友人姜逸樵先生的著作《天下一家》中，竟發現第一章的結尾，引了這支歌，他並予以中譯：

我們的世界，有歡笑，也有哭泣；
我們的世界，有希望，也有憂慮。
我們須同舟共濟，及時覺悟。
這是一個小小的世界啊！

姜先生在最後加了兩句：

讓大家緊緊地結合，
求永久的和平，與普遍的幸福。

我感奮的是如此一位懷抱世界大同理想的學人，寫這部巨著的原動力，就是由於那一點赤子之心——對全世界、全人類，無邊無際，不分界限的愛。在他的胸懷中，小小的世界，也就是最大的世界——「天下一家」。在這個家裡，人類永享和平與幸福。

逸樵先生是我極敬佩的一位學者，七年前我們旅居美國時，得有機緣結識他和他夫人弘農姊。我們特地去南灣他們府上小住數日，他曾把他這部正在增刪修訂中的稿件見示，並詳爲敘述他從事這件艱巨著述的苦心與鍥而不捨的努力過程。在早歲，他就從歷史中知道中國是從幾千個群體匯合成一個民族，因而體會到世界所有民族都將融爲天下一家，二十一、二歲的他，就決心盡最大努力作深入研究，以期達到世界大同的最高理想。他的學士論文、碩士論文、博士論文，都是以此主題爲他的中心思想。

爲了先有安定生活俾得專心研究，他先發明了一種圖書卡片複印機，經營得非常成功，有了穩定的經濟基礎以後，他即毅然決然地放棄這項利益豐厚的企業，全心投入他百年大計的著述工作，七年後，乃完成《天下一家》這部巨作。他的毅力、胸襟與遠見，實非常人所能及。

我當時曾問他，「你怎捨得放棄這樣高的利潤呢？」他淡然一笑說：「我並不是要做大富翁，我是爲了要完成自己的著作，帶出我的理想，錢要那樣多做什麼，夠過日子就好了。」這才是「君子先立乎其大者，則其小者不可奪也」的風範吧。

他在本書序文中說：「本書是忠實地爲人類而寫的，謹以之貢獻全世界。」他孜孜兀兀窮畢生精力的苦心，於此可見。

今日紛紛擾擾的世界，不但國與國之間，少有信義，即使同種族、同宗教的，也視同仇敵。逸樵先生世界大同、天下一家的理想，何時能得實現？人類永久和平，永享幸福的日子，何時降臨呢？

但，懷抱赤子之心的逸樵先生，始終是充滿希望的。不但他，凡讀過他這本著作的學者名流，都被感動得引發同樣的企盼。多位諾貝爾和平獎的得主都紛紛向他致欽佩之意，他們不但爲《天下一家》的偉大理想所感動，也十分欣賞他生動平易流暢的文章。尤其認爲他運用輔助資料，作成注解之詳，成爲本書之一大特色。

逸樵先生自謙地說：「這些輔助資料，成了正文的肌肉和血液，正文反只是它們的骨架。」因此他向每一位提供肌肉血液的作者致深厚的謝意，這種大君子虛懷若谷的風度，才是一位寫《天下一家》的作者。

我自慚學殖膚淺，固未足以窺本書之堂奧。但我曾屢次與逸樵先生見面請益，現又粗讀了本書數章，深深感到他是以哲學的胸懷體認，以科學的方法研究，然後以文學的筆調完成了這部行將影響全世界的巨著。

我又翻開了本書引證「這是一個小小世界」歌詞的那一頁，默念著，也低低地哼起遊迪士尼樂園時依稀還記得的歌曲，預祝這個小小的世界，也是一個大大的世界——天下一家。

三個不同的快樂週末

有一個週末，我去觀賞一個社區的新劇演出。這是繼「荷珠新配」以後另一次的公演。

劇名「圓環物語」。主題是描寫台北圓環這個風味特殊的飲食廣場，自日據時代到光復以後的情態演變，象徵社會環境的變遷，以及圍繞著圓環周圍各個家庭中夫妻以及情人間感情的糾結。

全劇共分七場，每場劇情獨立，都以一位共通的主角貫穿。編劇風格獨特，導演手法簡潔新穎。最有意思的是序幕時先由七位主角同時站在台上，分別以獨白式的台詞，抑揚頓挫地敘述各幕的情景與主題，然後一幕幕展開不同的場景與人物。

七幕角色共三十一人。但只由十八位演員飾演。所以有人須一身兼飾二角。難得的是演員都是各社區中文學校的校長、老師和同學的家長。他們在每日的繁忙工作或家務之餘，擠出時間，以共同的目標、共同的旨趣，排練出如此寓意深長的劇本。在觀賞中，每一幕都博得觀衆熱烈的掌聲。我個人的感受，更不止視聽之娛而已。

據導演周練先生見告，他們足足花了半年時間的排練，才得正式演出。單是這分忠於藝術、提升生活情趣、同心協力的合作精神，就不得不使人由衷地敬佩。

難能可貴的是各位老師和家長，不是職業演員，而他們個個台詞純熟流暢，動作自然，舉手投足之間，演來絲絲入扣，感情投入。換幕時動作迅速熟練。由台下觀衆鴉雀無聲的專注觀賞，足以證明演出的成功，和劇本主題之發人深省。

如此精簡的戲劇，我認爲有如散文中的小品，小說中的極短篇。値得我們細細咀嚼，回味雋永。

我已有幾年未回台灣，變得孤陋寡聞。不知國內在話劇方面，是否更有新的發展。「圓環物語」是名編劇家賴聲川先生的力作，他如人在台灣，一定擁有更多的讀者。不知從事話劇工作的熱心藝術家，是否正在作這方面的努力，多多公演名劇，以提升青少年對藝術的追求興趣，豈非極有效果的社會教育途徑呢？

又有一個週末，友人邀我去聽他女兒的英文演說發表會。因爲她的演說得了社區比賽第一名，所以再聚集了各社區中文學校師生來一起欣賞，也可藉此帶動低年級同學們的興趣，鼓勵他們爭取榮譽的心情。

地點是一個社區的圖書閱覽室。先由一位中文學校校長介紹來參加發表會的小朋友們的姓名，他們都帶了自己的講稿，一個個都踴躍舉手，爭先恐後地要發表自己的演說。每一位都是講得非常有趣，而且表情天眞自然。有的講自己小寵物的故事，有的講同學或手足間的爭吵與諒解，有的是一篇生動遊記，內容各具特色，使我聽得入神，恍如回到歡樂童年。而對於各位老師輔導小朋友們自動培養自我表達才能的勇氣，和群體生活的趣味，使我非常感動。他們每一季都出一本季刊，都是小朋友們的得意傑作，圖文並茂，是他們自己畫的，想像豐富，充滿了天眞童趣。如果他們也能以中文寫作，同時出一本中文的季刊，那該多好呢？

（這使我想起好幾年前，一位朋友的孩子很迷惑地問她媽媽：「我生在美國，說英語，讀英文之外，爲什麼還要學中文呢？」她媽媽對她說：「因爲妳是中國人，中國話是我們的母語，不能忘記。學了中文，可以看好多中文書多開心呢？」後來孩子在中國電視錄影帶上聽懂中國話，又看懂了字幕，感到好高興、好驕傲，才相信媽媽的話是對的。但也有些父母生怕自己的孩子英文趕不上美國孩子，在家和孩子儘可能不說中文，孩子也忘了自己是中國人。可是，儘管你滿口的洋腔洋調，又何能改變你的膚色和直直的黑頭髮呢？據我所接觸到的各國朋友，無論是法國人，或日本人、韓國人，他們的孩子雖都說流利的英語，但絕不忘也說他們自己國家的母語，這才是不忘本的民族精神啊！這是我附帶的感想，就順便寫下了。）

另外有個週末，我又參加了一個完全不同氣氛的集會。就是去恭聽聖嚴法師的弘法講座。場地是一位虔誠佛教徒紅木家具店主提供的，他騰出寬敞的家具儲藏室，涼爽舒適。我被接去時，已由熱心信徒們準備好豐富自助餐，大家飽餐以後，稍稍休息，就由聖嚴法師開講。題目是「如何將佛法融入日常生活中」。他以平易風趣的語言，化深為淺地弘揚佛家圓通廣大的道理，就在每個人的日常生活中，惜生、愛生、慈悲爲懷，正與儒家的仁、基督的博愛一般無二。我的領悟是佛的慈悲，愛及最微小的生命，實非其他宗教精神所能比的。

那天最難得的是聖嚴法師的尊師，特地路遠迢迢地親來參加他弟子的講座。他高齡將九十，而精神奕奕，坐在一旁，一直帶著慈祥的笑容聽他得意弟子的弘法。

聖嚴法師說他近來已三次與師尊見面，眞是奇妙的佛緣。

法師講畢以後，再由兩位虔誠信徒先後上去講自己皈依前後心境的不同。十分感人。

主辦人設想非常周到，爲了使聚會趣味化，特邀請一位美國魔術師表演精彩魔術，逗得小朋友們非常開心。多彩多姿的穿插節目，把一向在寺廟中聽經講道的嚴肅氣氛，轉變得生動活潑，使我深深體會到佛法就在人間，就在日常生活的起居飲食、言談笑語之間。也正是孔子所說的：「仁遠乎哉，我欲仁，斯仁至矣。」也就是佛家所說的「我心即佛」。

我自思以垂老之年，得以再沐春風，內心的欣慰是無可言喻的。

——原載民國八十四年七月十五日《中華日報》

永是有情人

去郵箱取信時，遇到鄰居老太太，她親切地拉著我的手，我們聊了好半天。深秋的寒風吹拂著她的白髮，她拉了下圍巾，神情黯淡地說：「以前都是我那老伴兒出來拿郵件，他就趁此站在外面抽一支菸，抽完了才回來。因爲我不讓他在屋子裡抽菸。現在想想眞後悔，他就這一點點嗜好，我爲什麼不讓他舒舒服服坐在家裡抽菸呢？」

她想起逝世將近兩年的老伴，眼中汪著淚水。「頭白鴛鴦失伴飛」，她心中的哀痛可想而知。雖然她的女兒在週末都會回來探望母親，但是夫妻情究竟是無可替代的。

夫妻的相依相守，在年少時是情深似海，到了老年則是義重如山。由海的波濤壯闊到山的穩重不移，是要經歷一生的體認的。

最記得當年母親說過的一個比喻。她說：「夫妻的親密，就像牙齒和舌頭。舌頭常常被牙齒咬出血來，過了一會兒自然好了。」我聽了卻生氣地說：「爸爸遠在外地，離妳十萬八千里，連信都少寫回來。有什麼牙齒把舌頭咬出血來的事呢？」母親淡然一笑說：「離遠點也好，眼不見，心不煩，有妳就好了。」母親內心在婚姻上所受的痛苦，豈是我這少不更事的女兒所能體認的？想想母親一生都在忍與等，忍受丈夫對她的冷落，卻又等待他的歸來。痛心的是，父母親一生都沒交談過多少話。可是父親臨終時，緊握不放的卻是母親的手。那最後的一握啊，包含了多少懺悔，多少情意？

那是舊時代的婚姻悲劇，令人不可思議。如今，有的少男少女，由兩心相悅而同居、試婚、結婚，而至離婚，由相敬如「賓」到如「冰」，似都不足爲奇。是多變的社會形態、淡漠的人情，使人們不再重視婚姻與夫妻情呢？還是「山盟海誓」只是文人筆下的歌頌之詞呢？

南宋詞人嘆息：「相思本是無憑語，莫向花箋費淚行。」而今天雙方在一通電話裡，就可綿綿情話，哪裡還用得著「花箋」？一朝不合而分手，也就不會費什麼「淚行」了。

但無論如何，男女雙方由相愛而結為夫婦，應當是最眞摯而且聖潔的。記得一位長者說過幸福婚姻ＡＢＣ的名言：「夫妻要彼此欣賞，連缺點也能欣賞（appreciation），要彼此相依相屬（belonging），要彼此信賴（confidence）。在欣賞、信賴相屬中，才能享受無窮幸福。」說得眞對。

詞人說：「換我心，爲你心，始知相憶深。」這個「換」字，不就是推心置腹，相互欣賞、信賴之意嗎？

說實在的，有情人成眷屬不難，成了眷屬要永是有情人，才是夫妻間一生一世都得體味的深意啊！

——原載民國八十三年十一月十七日《國語日報》

瀟灑話壓力

讀到好多篇談「壓力」的好文章，可見壓力予人感受之深之重。在閱讀欣賞中，我心頭的壓力，倒漸漸化為烏有了。

「壓力」是現代語，在舊時代是沒有這樣說法的。事實上，誰能不感覺到壓力？它也是促使人進步的一分力量，沒有壓力，就沒有動力了。古時的士子十年寒窗，盼的是一舉成名，非壓力而何？舊農村社會「日出而作，日入而息」的農夫，固然悠遊，但念念不忘的是向官廳納稅，才故作瀟脫地說「帝力於我何有哉？」「帝力」就是時時在心的壓力吧。「晨興理荒穢，帶月荷鋤歸」的詩人，應該是最輕鬆愉快的，但為什麼仍要「駕言出遊，以寫我憂」呢？那分「憂」不就是壓力嗎？

與好友書信往還，最足以舒暢緊張心情，但忙碌的現代人，寫信加朋友以壓力，盼信加自己以壓力，不如默默地相知在心，只盼望相互多多在「報上見」。不禁想起蘇東坡的「慣遲作答愛書來」名句，那是他老家人的幽默，他若眞的懶於作答，何能有書來？後世又何能欣賞到「蘇黃尺牘」呢？

我有一位住在香港的老同學，在越洋電話中對我說她是「言而無信」之人，因爲只喜歡對談，不喜歡寫信。但她的一通越洋電話，使我感激也多少給我壓力。最欣慰的是捧著好友的一紙來信，從頭細讀。故人的千里面目，清晰地浮現心頭。那分溫暖豈是匆匆數語的電話、聊聊數字的電傳所可比擬？

曾讀到一篇〈相憶相忘〉的文章，作者說「友誼有如手栽的植物，是需要經常照顧與滋潤的。」說得眞好，可是忙碌的現代人，有此耐心的不多吧！難道「友誼」也成了壓力嗎？

前不久收到一位朋友的信，那一筆蒼勁中見灑脫的書法，使筆硯久廢的我，驚喜交集。他感慨地說，兒女們都用電腦寫文章通信，不久的將來，筆墨硯台都要進博物館了。但他畢竟是有福之人，有兒女們在身邊，耳濡目染於電腦環境中，即使不愛用也不至有拒絕感，不像我這個「今之古人」，除了電視與電話，對一切機器都有恐懼感。懊惱的是老伴數月來竟迷上了電腦，每天數小時坐在機器前，茶飯無心。為他辛辛苦苦做的菜，他食而不知其味，更莫說讚美一言半語了。他還說等運用自如以後，可代我將書信和作品以電腦傳到對方，眉清目秀的使朋友看了也高興。我卻認為自己「十八帖」的手寫，比他按鈕還快，我絕不作科技的奴隸。他搖頭嘆息：「老媼不可教也。」他居然忘了自己也是老翁了。白髮翁媼有了代溝，都是電腦惹的禍。

朋友勸我，既會英文打字，也會注意符號，何不花點心思學電腦，運用起來多方便呢？我卻堅持做個落在時代後面吃灰塵的老骨董，我仍安於自己的手工藝時代，我乃嘆息一聲，報之以順口溜：「電腦、電腦，何必自尋煩惱；愚笨、愚笨，我是今之古人。」亦以自嘲耳。

但願能博得和我同樣的老骨董們，會心一笑。電腦對我，再也不會產生壓力了。

——原載民國八十四年七月二十七日《世界日報》

忘掉了也好

生活忙亂時，未免顧東忘西，丟三落四。加以歲月不饒人，記憶力衰退，原是無可奈何的事。有時急匆匆跑到地下室，卻不記得要幹什麼；打開冰箱門，卻想不起要拿什麼，不免跟自己生氣。尤其是談起多年不見的朋友，聲音神情都在眼前，竟然想不起名字來，才眞正是忘年之交呢。如此的健忘，想來一定是病態而不是常態吧！

其實，除了讀書之外，對於日常瑣事，能忘掉也未始不好。當年恩師曾誨諭我們說：「要能修練得忘掉，而不是記得，才能保持心境的澄明。也就是佛家心如明鏡台的境界。」

今日社會環境複雜，人與人相處中，若偶有不愉快之事，能彼此寬恕而且忘卻前嫌，才能保持心情的平靜快樂。古訓說：「人有德於我，不可忘也；人有負於我，不可不忘也。」這是儒家的寬恕精神，西諺也有Forget and Forgive的說法。可見能遺忘實在是一分生活的藝術，也是人生一門修練的課題。

想起先父有一位好友，自號童仙，乃天真如稚子，快樂似神仙之意。他最大的本領就是遺忘，每回來我家小住，健忘的有趣事兒逗得我們全家樂呵呵。他告訴我們，有一回在火車上，把帽子脫下放在小桌上，鄰座的乘客代他掛在窗邊鉤子上，大家都呼呼入睡了。火車到站，他醒來時人已走光了，他抬頭看看掛在那兒的帽子，對自己嘀咕道：「誰的帽子忘了帶走，我是路不拾遺的君子，不拿別人東西的。」走出車站，風吹得腦袋瓜發冷，才想起掛在車窗上的帽子，原來是他自己的。

聽他帶做帶比地講，連嚴肅的父親都笑了。

童仙伯伯看我母親默默地把一碗熱騰騰的燕窩羹放在父親身邊茶几上，又默默地走回廚房去。他就拉著我悄聲地說：「妳媽媽眞了不起，把什麼不快樂的事都丟開，才會對妳爸爸這麼好。」我說：「我媽媽並沒忘掉不快樂的事。她對我說過：不要氣，只要記。她是記得牢牢的喲。」童仙伯伯點點頭說：「那就更難得了。」我把童仙伯伯的話轉告母親，她笑了一下說：「陳年舊事太多，我眞的記不得了。

忘掉了也好。妳外婆當年說我學做針線是個『去不回』，學過就忘記。如今連過日子都變成『去不回』了。」我聽了心中悵悵的。想想母親眞能把滿腔心事化爲「去不回」嗎？童仙伯伯的話是對的，母親只是把不快樂的事都丟開，當作忘掉，她的心好苦啊！

我因而格外喜歡童仙伯伯教我他自己仿古的兩句詞：「記不得，記得也應無益」。不就是母親說的「忘掉了也好」嗎？可惜我那時年紀太小，何能寬慰母親的愁懷於萬一呢？

及讀古典詩詞時，我最喜愛蘇東坡的詞，吟哦中漸領會得一分豁達的氣概。他在被貶到海南島蠻荒之地，仍坦蕩蕩地唱著「海南萬里眞我鄉」，並自誇：「誰似東坡老，白首忘機。」這「忘機」就是把不愉快的事兒一概忘卻吧。但他對逝世多年、生死兩茫茫的妻子，仍然悲嘆「不思量，自難忘」。可見遺忘不是有情人容易做得到的事。

再想想，人生一世，總不免經過千波萬浪，備嘗離合悲歡。對於有些事能忘得掉，有些事卻總也忘不掉。其實呢，正如童仙伯伯的詞：「記不得，記得也應無益。」還是統統忘掉吧！

不由得想起母親當年愛講的一個小故事：有一個年輕媽媽，抱著孩子急急趕到鎮上看草台戲。大家都奇怪地盯著她看，她才發現懷裡抱的是個大冬瓜，想起自己跑來時，在瓜田裡跌了一跤，眞該死，把孩子丟在冬瓜田裡了。趕緊跑回田裡一看，原來掉在那兒的是個枕頭。她丟下冬瓜，抱起枕頭，趕回家中，一看小寶寶正在床上呼呼大睡呢。

母親邊講邊笑，笑得眼淚都流出來了，好像很開心的樣子，我撒嬌地問：「媽媽，我是大冬瓜還是枕頭呢？」母親說：「妳呀！是大冬瓜、是枕頭，都好。我就只顧捧著，倒用不著操那麼多心囉。」

當時母親的神情，是喜是悲，我分不清楚。但她那帶淚的微笑，我永生不會忘記。

——原載民國八十四年九月十四日《聯合報》

尊重生命

尊重生命

有一次，我看見一個朋友的孫子用一支竹竿使力戳籠中的小鳥。小鳥吱吱地哀叫。我過去阻止他不可虐待小鳥。

他生氣地說：「爲什麼不可以？鳥是我爸媽買給我的。」

我說你要愛護小鳥，牠是小生命，牠也有爸爸、媽媽呀！

他更生氣地說：「我不要聽妳說話，我不跟妳玩了。」

「我也不跟你玩了，你一點也不可愛！」我生氣地說。

這是我第一次對小孩子這樣生氣地說話的。

流浪狗

一位朋友，養了一隻愛犬，又收留一隻流浪狗。愛犬天天抱在手上，流浪狗卻蜷伏在走廊一角，從來不敢進客廳。

朋友告訴我，流浪狗在一個風雨之夜失蹤了，我難過得哭了。其實，我並沒有見過那隻可憐的流浪狗哇！

生命原本沒有貴賤之分，只看你是否能有對萬物的同情心。

喜歡動物的小孩

有些小孩很殘忍，喜歡虐待動物；有些卻天性仁厚，非常可愛。我的兒子就很喜愛小動物。他童年時救過很多流浪的貓狗。每次看見在地上搬運糧食的螞蟻，他就會喃喃地念：「螞蟻好乖，好勤快，哥哥好喜歡你呀！」他把小動物、昆蟲都當做自己的弟弟、妹妹，自稱爲哥哥。看他一臉忠厚的憨態，眞叫人心疼。一轉眼，六歲的孩子已經四十歲了。這三十幾年的光陰是怎麼飛逝過去的呢？

玻璃珠項鍊

琳琳和珍珍是五年級的同班同學，她們高矮相同，臉都是圓團團胖嘟嘟的，位置又剛好是前後排坐在一起。因此她倆總是手牽手同進同出，感情愈來愈好。同學們都說她倆就像是一對雙胞胎。她們自己覺得彼此息息相關，情同手足。於是就相約，一定要有福同享，有難同當。有什麼吃的、玩的，都要兩人分享。同學們都羨慕地稱讚她倆手足情深，連老師都誇她們是班上一對親愛的雙胞胎。

有一天，琳琳的媽媽給琳琳買了一串水晶玻璃的項鍊。琳琳把它帶到學校裡向同學們獻寶。下課休息的時候，每一個同學都試著在脖子上掛一下，蕩來蕩去過過癮。輪到珍珍掛上的時候，她對琳琳說：「明天星期六晚上，媽媽要帶我去看戲，妳把這串項鍊借我戴上，和戲台上的亮晶晶花旦比一比，看哪個漂亮。」

琳琳遲疑了一下說：「不行吔，明天晚上媽媽也要帶我去參加喜宴，我一定要戴這串項鍊的呀。」

珍珍說：「那就算了。」可是她心裡有點不太高興，想起上一個星期，自己剛剛把一個別出心裁，用金銀絲線編結出來的別針送給琳琳，現在向她借一下珠鍊都捨不得，還說什麼手足情深，有福同享呢？

在上算術課時，琳琳有一道題寫錯了幾個數字，在書包裡找不到橡皮擦，就向珍珍借用一下。珍珍的橡皮擦是新買的，紅綠藍三色，非常漂亮，放在鉛筆盒裡很醒目，可是當琳琳向她借用的時候，她卻說：「我不借妳，因爲我現在就要用。」說著就拿起橡皮擦來使勁地擦。

琳琳說：「好小氣啊，橡皮擦都捨不得借一下。」珍珍馬上說：「妳才小氣呢，珠鍊子不捨得借一下。」琳琳說：「我是自己眞的要戴呀。」珍珍說：「我也是自己眞正要擦呀。」

再也沒有想到，這一對好朋友會爲這一點小事不開心了。放學時，她們沒有手牽手地走出校門，同學們都覺得好奇怪。

第二天上學時，她們心裡都很後悔，閉著嘴，同學們都好替她們著急。

下午的唱遊課，老師要同學表演一個節目，是臨時自編自演的。老師看出琳琳和珍珍今天神情有點不對，就故意點了她們倆，再加上另一個同學，她是班長，三人同演一齣短劇。班長比較老練，演媽媽，在掃地，琳琳、珍珍演兩姊妹，珍珍就在書桌上寫字，抬頭喊道：「媽，我好餓啊，有什麼吃的沒有？」琳琳在地板上看畫報，一聲不響。她心想，我就一直不作聲，演啞劇好了。演媽媽的問：「去廚房裡看看有什麼吃的！」珍珍站起來跑到自己座位的書包裡，拿了兩塊餅乾，自己吃一塊，遞給琳琳一塊說：「琳琳，吃餅乾。」琳琳感到很不好意思，又感激地接過來說：「謝謝妳，珍珍姐姐。」演媽媽的說：「琳琳這幾天有點無精打采，妳陪她練練鋼琴吧！」一提起鋼琴，琳琳就好難過，因爲她感到自己沒有音樂細胞，老師總是責備她。於是她生氣地說：「我最討厭鋼琴，我才不要練呢！」她眼睛瞪著珍珍，彷彿珍珍就是鋼琴老師。沒想到珍珍卻和藹地說：「琳琳，不要生氣嘛，來，我陪妳一起彈，就彈那首我們都很熟的Long Long Ago好嗎？」

她們走到教室的鋼琴邊，並排兒坐下來，一同彈出她們最喜歡最熟的那首曲子來。彈完一首，琳琳跑到座位上，從書包裡取出一樣東西，對珍珍說：「妳閉上眼睛，伸出雙手，我送妳一樣東西。」珍珍伸出手，感到手心裡落入一樣沉甸甸光滑滑的東西，睜眼一看，那不是琳琳的玻璃珠項鍊嗎！琳琳問：「珍珍，妳喜歡嗎？」

珍珍說：「我當然喜歡啦，可是，這是演戲吧。」琳琳說：「不是演戲，我眞的把它送給妳，我們是眞的手足情深呀。」珍珍馬上跑去拿了三色橡皮擦給琳琳說：「這是給妳的。」

全班同學都拍起手來，老師彈起鋼琴，帶領大家合唱：「兄弟姊妹，如足如手，歡樂同享，患難同當。相親相愛，如足如手……」

琳琳和珍珍都感動得掉下淚來。同學們一齊湧上來，圍著她們，因爲她們言歸於好的快樂，都深深感染了大家。

放學時，琳琳和珍珍又手牽手，一同走出校門。琳琳有點羞澀地對珍珍說：「我眞羨慕妳彈琴的手指那麼靈活，就像小鳥兒在琴鍵上跳舞似的。我好生氣自己的手指那麼僵硬，今天若不是妳陪我彈，我一定彈不好。」

「妳的手指一點也不僵硬，我們的手指都是小麻雀兒，一同跳躍得好開心啊！」珍珍把琳琳的手捏得緊緊地，又親暱地喊了一聲：「琳琳！這串玻璃珠項鍊，是我們兩個人的，有時妳戴，有時我戴，我們連在一起，永遠不分離。」她們的兩隻小手兒捏得更緊了。

眞與假

朋友們相聚在一起，彼此對望著，時常會忽然冒出一句話來：「哎，妳今天的髮型好漂亮，是眞的還是假的？」風趣的朋友往往回答說：「今天戴的是眞的假髮，昨天戴的是假的假髮，這叫做假似眞來眞亦假。」有點撲朔迷離。她說的「眞的假髮」，是用眞頭髮編的假髮；而假的假髮是尼龍絲編的，二者價錢頗不相同。其實只戴在頭上，給人「三面夏娃」之感，即眞的眞髮，眞的假髮，和假的假髮。再說牙齒要看了順眼，管他眞的還是假的呢，偏偏人就有一種「求眞」的本性。於是喜歡求眞的心理又要探討了：吧，到了中年以後，都有點搖搖欲墜的趨勢。

「啊！妳的門牙如此整齊，可以競選美齒小姐了。」明明是恭維中帶著疑問。坦白的對方立刻回答：「我早就『老太太打哈欠，一望無涯（牙）』囉！滿口牙全是假的。」接著嘆一口氣說：「當年不知保養，如今是『無恥（齒）之恥，是恥也。』

博得哄堂大笑。另一位未到完全無恥（齒）的朋友接著說：「我呀！是二五八崁當（方城之戲的術語），也眞痲煩。幸虧現在牙醫師技術高明，你看我這一排美麗的門牙，居然眞眞假假，眞假莫辨。」又一陣哄堂大笑。

這是我們中年好友們，於「齒危髮落」中的談笑風生。

現在再來說人人所喜愛的珍珠吧！誰都知道今天的養珠地位幾乎已取代了珍珠，而鳳毛麟角的「珍珠」則愈爲珍貴。有一則眞實故事說：世界聞名的美國第凡內珠寶公司裡，所陳列的那粒大珍珠，四圍都有防盜保險鈴設備，它卻是一粒人造珍珠，製造的過程和牡蠣醞釀珍珠完全一樣，所以一樣的寶光四射。這粒人工珍珠是非賣品，必須你買了深藏寶庫中眞的珍珠，店主人就贈你這粒人工珍珠。而買主呢，只要佩戴上這粒人造珍珠，就足以炫耀人前，告訴人們有一粒眞珠收在保險箱中。這是一種多麼微妙的優越心理。有一位英國的富婆，在第凡內買了最貴重的珍珠，也得了附帶贈送人造珍珠，但她不以佩戴此招牌珍珠爲滿足，執意要戴上那粒眞的珍珠，於是在她赴宴之時，蘇格蘭警場出動了全體警員保護她，以免被劫。這眞是驚世的豪舉。這位富婆，可謂達到「求眞」的巔峰。

然後想到我自己的心事。我原有五粒圓潤的珍珠，是母親的遺物，最寶貴的紀念品。我用兩粒鑲了一對耳環，一粒鑲了一枚戒指，平時捨不得常戴，戴上了有一分長侍慈母左右的感覺。再也沒想到，因鑲功不好，戒指上的珍珠忽然掉了。更不幸的是，耳環也因一次擠車丟了一隻，爲了省工錢，省車資，造成不能珠還合浦的終身遺憾。現在我只剩三粒珍珠，再也不鑲不戴，就買了一副養珠耳環，一枚養珠戒指彌補，我也懷著和別人同樣的心情，戴上養珠，就表示我有眞的珍珠，收藏在最安全的小小保險箱中。

最近，爲了有時應急，買了一頂廉價假髮。我在笑自己，如果我戴上假的假髮，佩上養珠耳環，套了養珠戒指，加上我嘴裡新補的幾顆假牙，我豈不是成了一個假門假事的人？想了想，不會的，那就是我總保有一顆眞眞實實的心——相信人人如此，豈止我呢？

一位女詩人給我的信中說：「好好保護妳的牙齒，因爲微笑比生命還更久長。」因爲，那是出於至誠的微笑。

——原載民國八十四年八月九日《自由時報》副刊

母親的心情

做母親的，聚在一起閒談時，各有各的心情：

一位初爲人母的年輕媽媽說：「孩子未出生前，天天盼望快點生，生出來以後，嬰兒餓了哭，尿溼了哭，一夜要起來好多次，恨不得再把他裝回肚子裡去。這才知道做母親的辛苦，才體會到當年母親的兩鬢青絲，是怎樣轉爲白髮的。養子方知父母恩，我不由得在心中低喚：『媽媽，我感謝您。』。」

另一位母親說：「我天天抱著孩子拍呀搖呀的，總要拍得他不哭才安心。朋友們勸我不要寵壞孩子，我卻感到把他心貼心地抱在懷裡好安慰，這樣幸福的日子並不會長久，所以我寧可儘量地寵他。眼看他一天天長大，心中固然快樂，但想想他長大後就不會天天黏著我了，就寧可他別那麼快長大，這是多麼矛盾的心情啊！」

一位中年母親說：「我一兒一女都長大成人了，但都未成家，平時都忙得人影不見。高興起來，帶一群朋友回來吃喝玩樂，忙得我這老媽雞飛狗跳。想想他們需要你時像兒女，不需要你時像路人。反對你時像冤家，極少極少的時候才像朋友。我就是格外珍惜那像朋友的片刻時光。」

我默默地聽著，也想起自己將近中年的兒子，他夫妻兩個人各忙各的，使我掛心的倒是兒子很少來電話問候我們二老起居。我忍不住打電話去，他卻雲淡風輕地說：「我很好呀，妳別掛心啦！沒給你們打電話是因爲工作實在太忙，晚上很遲才回來，倒頭就睡了。」

我捏著話筒，木然良久，不知再對他說什麼才好，只得輕輕把話筒掛上了，也不願再對他父親說。因爲他也跟他兒子似的，雲淡風輕。「兒孫自有兒孫福」的成語，他老掛在嘴上，總勸我自娛老境，自求多福。我聽了內心更如有所失。誰說是「天下父母心」？我覺得天下只有母親的心才是苦澀的啊！

想起吾兒幼年時，憨憨的神態如在目前。稍稍長大點以後，我去幼稚園接他回家，他張大雙臂撲過來，又哭又笑抱住我的快樂神情。他進了小學，在日記裡寫：「媽媽牽著我的手，和爸爸一同腳並腳地散步。我和爸爸媽媽眞是手足情深啊！」

想著想著，我不禁破涕爲笑了。

美國俗語說：「孩子幼年時踩在你腳尖上，長大了踩在你心尖上。」有一天，連心尖都不感到疼痛時，就可瞑目了。

我抬頭望窗外，一對鳥兒正在樹枝隱蔽處，雙雙軟語商量，營巢生子，又是一對痴心父母啊！每年我都看鳥兒辛苦撫育兒女，看漸漸長大的小鳥離巢而去，聽母鳥的啁啾悲鳴。不禁爲之心酸淚落。何曾想到這是天道循環的自然現象呢？

再仔細想想，今天社會形態遽變，年輕人對人情世事的體認不同。老年人實在不能以舊時代的親子情懷責望於下一代了。他們爲生活，爲事業奮鬥以外，心中關愛的是他們的兒女而不是父母。俗語說：「兒行千里母心憂、母行萬里兒不愁」一點不錯。

我又想起有一位朋友，在參加外孫女的周歲慶宴回來，感慨地對我說：「升級當外祖母當然高興。但在一批年輕人的歡笑聲中，總覺有點格格不入，與他們的觀念難於配合。對他們的責望也是多餘的。比如說吧，小孫女睡著了，我因見到老友高興得說話大聲了點，女兒連連搖手說：媽媽小聲點，寶寶睡著了呀。但我忙累了想在沙發上打個盹兒，孫兒們在屋裡翻滾喧鬧，卻沒聽我女兒說一聲：輕一點，外婆睡著了。」

她嘆了口氣，又接著說：「我女兒女婿平時工作忙，週末朋友多，晚上談的都是我不接頭的事，我一插嘴問，女兒就說：『媽，妳別問了，跟您說您也不接頭的。』說的也是，年輕人和我之間就是有一道溝吧。有時想去看看老朋友談談心，又苦於不會開車，等他們順便帶我一下都等不到那點機會，專程送我一趟更別想了。若要朋友接送吧，他們也是跟我一樣的老年人啊，怎麼忍心勞累人家呢？只好在電話中談談了。但打電話也受很大限制：早晚孩子睡著了不能打，白天電話費貴的時段不能打，週末他們電話多，不讓我長談。所以我還是快快回自己的老人公寓吧！」

有一位母親興匆匆從台灣來美探望兒女，滿心想多住些日子，卻很快就回去了。她說：「也許是我這老太婆管教八歲的孫子，使他不開心。他總是問：『奶奶，妳怎麼還不回去呀？』說的也是，他那滿口的『嗨』，滿口的Come on.，我還眞不習慣呢！不如快快回去和老伴拌嘴，相依相守吧。」

一個個的實例，使我相信我家鄉的一句俗話：「一代歸一代，茄子拔掉了種芥菜。」這也許正是生生不息，日新又新的大道理吧。

在今日，想快快樂樂地做一個現代母親或現代祖母，必須要學會如何調整自己的心情。總之，天地間的至理就是「愛」，唯有以包容的愛，才能有開闊的胸懷，享受寶貴的親子之情啊。

——原載民國八十四年五月十四日《世界日報》

老的領悟

老友多年不見，重逢時常會欣慰地說：「你跟幾年前差不多嘛，沒有老啊！」於是興奮地談著，漸漸地彼此就會問：「你的牙齒拔了幾顆？」「你的頭髮是眞的還是染的？」「你的老花眼鏡是多少度啦？」彼此比來比去，然後拊掌大笑說：「老囉，到底老囉！」

老，原是極自然的事，但求能順應自然，健健康康地老，快快樂樂地老，就是福了。

年輕時我最愛納蘭成德感傷的詞，他有兩句名句云：「一樣蛾眉，下弦不似初弦好，庾郎未老，何事傷心早？」他是感慨歲月不居，人生苦短。那時我也學著感傷的詞：「不記秋歸早晚，但覺愁添兩鬢，此恨幾人同？」大學老師就告誡我說：「不要無病呻吟，年事長大有何可悲？只要保持愉快、進取的心情，就可永保青春。」如今真的也入老境，明知去日苦多，反覺有限來日，彌足珍貴，也益知加倍自勵。

最近接奉八十餘高齡教授來書說：「愈是忙碌，反覺精神愈佳，習畫興趣亦愈高，心情亦愈益愉快，相信自己還可以做很多事。」捧讀之餘，至爲欣慰。此教授是我最敬佩的前輩，她六十餘年來作育人材，對教育的貢獻是人盡皆知的。她的謙沖和藹，她的誨人不倦，和著她白髮皤然的風範，給予每一位接觸過她的人以無限溫暖。我每於心情低落之時，就取出她充滿關懷存問的信來重讀，頓覺豁然開朗，人也年輕起來了。足見友情是多麼重要，眞的是「陳酒最好喝，舊衣服最好穿，老朋友最好說。」

白居易有詩云：「鏡中莫嘆鬢毛斑，鬢到斑時也自難。多少風流年少客，被風吹上北邙山。」勸世人勿悲老邁，能入老境便是有福。西哲阿米爾說：「懂得怎麼老下去，是智慧中的重要課題，也是偉大生活藝術中最難的一事。」這最難的一事，是需要潛心體認，而於其中獲得無窮樂趣的。有一位老友給我寄來一詩云：「不信青春喚不回，古稀猶是少年時。詩書卷卷從頭讀，報國有心永不遲。」是老當益壯的無限遠景。

有四句流行的打油詩云：「七十不稀奇，八十多來兮。六十小弟弟，五十睡在搖籃裡。」比起另一首：「人生七十古來少，前除幼年後除老。中間已是不多時，還有一半睡著了。」是完全不同的兩種心境，一喜一悲，全在個人的領悟了。

盲女柯芬妮

芬妮姓柯，照中國的姓氏習慣，就叫柯芬妮吧，一百多年前，她生於紐約州一座群山環繞的幽靜小屋裡。不幸的是她的眼睛在嬰兒時就因病受了損傷，醫治無效而至完全失明，注定了她就得在黑暗中摸索一生。

可是，小小的芬妮自幼就非常堅強獨立，她在起居行動上絕不依賴別人，而且和鄰居的小遊伴們玩得非常開心，她跳繩、爬樹、騎馬樣樣都來，而且都毫不比別人差。許多同情她盲目的人，看她這樣的玩法，都不免替她捏一把汗呢！

由於她不能用眼睛看，所以她格外用心地去聽，聽大自然中所有美妙的聲音。她聽出風的狂笑或嘆息，聽出雨的輕歌和嗚咽。還有山澗中溪水的潺湲，樹林中群鳥的啁啾歌聲，呢喃細語。她的胸中脹滿了歡樂，充滿了對這世界全心的愛。因此也對自己在所愛的世界裡描繪出美麗的遠景，那就是她對將來希望和榮譽的肯定。

她肯定自己不是做白日夢，而是要努力實現理想。但是每當她想著要如何實現理想時，常會聽到一個聲音對她說：「妳辦不到——因爲妳是瞎子。」傷心的她，就跑到深山中，跪下來祈求上天的啓示，她又會聽到一個聲音對她說：「我向妳保證，妳一定可以完成妳的志願。」然後，她安心地回到同伴中，和大家一同玩樂跳舞。越玩越快樂！因爲她心中有了保證，她不會是個沒沒無聞的盲女，她定將使生命綻放燦爛的光輝。

在不到十歲時，芬妮就能背誦《新舊約》中的許多篇章，以及很多詩篇。她對詩有強烈的感覺和愛好，常常聽別人唱一首詩就能從音韻風格中分辨是誰寫的。她渴望自己也能寫出同樣美的詩來。八歲時，她就寫過一首詩：

哦，我是多麼快樂的孩子
我雖看不見
卻對世界感到全心的滿足
因爲我擁有的福
是別人所沒有的

我絕不為自己的盲目
哭泣或嘆息

芬妮漸漸長大，就開始寫詩，在學校裡，受到老師的鼓勵，同學的讚美。因而她的詩愈寫愈好。少女時代，她寫了更多讚美造物主，讚美大自然的詩篇。由教會傳播福音的音樂家配上曲譜。因此她的詩篇家傳戶曉，散布到世界每一個角落。每一個人唱起柯芬妮作詞的歌曲，就會在內心湧上一份喜悅一線希望。她對人世幸福的貢獻是多麼的大！

她活了九十五歲，在悠長的一生中，一共寫了三千多首讚美詩。她雖是個雙目不能看見這個世界的盲者，但她心胸中的世界卻是無限廣大，因此她的光輝遍播人間。

——原載民國七十九年三月八日《世界日報》

永遠的悵疚

外一章

在七月份的《讀者文摘》上，讀到一篇〈小孩與貓〉的短文：小男孩的愛貓病了，他抱去請教醫生，醫生診斷的結果是牠胃裡長了癌，即使開刀割除也活不過一年。對一個年幼的孩子來說，是多麼痛苦的事。醫生要他打電話和他的雙親商量一下再作決定。在電話中，他們談了很久，放下電話，他忍住眼淚對醫生說，願意讓他的好友接受安樂死，以免多受痛苦。醫生問他是否要把貓帶回去，和牠再有一天的相依相守，他搖搖頭說不願讓好友再受苦了。醫生又問他是否願意陪在好友旁邊，看牠安靜地逝去，免得以後老是掛念牠是怎麼死的。他點點頭，然後由他抱著愛貓的頭，由醫生注射安樂死，看牠平安睡去。

醫生的心中在落淚，他後悔不該讓那麼幼小的孩子，面臨與好友生離死別的痛苦，這樣的悲痛會使孩子一下子長大好多。

人生原就是如此的無可奈何。我邊讀邊落淚，因爲我想起多年前自己養的一隻愛貓也得了一種怪病，牠一直嘔吐，不吃東西，送台大獸科醫院求診，醫生診斷是長胃癌，要我把牠留在醫院中，再觀察幾天，如無希望，就用注射讓牠安樂死以減少牠的痛苦。我遲疑了很久，但因不忍看牠掙扎的痛苦，只好狠起心把牠交給醫生，又因辦公與夜間兼課太忙，第二天無法去看牠。第三天打電話去問醫生，他說已經爲牠注射安樂死，告訴我如此處理比較仁慈，勸我不要太難過。

我永遠悵疚的是，在牠病痛最嚴重的時候，竟把牠送到一個牠完全陌生的地方，見不到最疼愛牠的親人，擁抱牠、撫慰牠，卻讓牠孤零零地被處死。比起那個抱著愛貓親眼看牠平安逝去的小男孩，我是多麼狠心，卻又是多麼軟弱啊！

我眞是虧欠牠一輩子，直到如今，每一想起就心酸，我發誓不再養貓了。

寂寞的孩子

在一份小型家庭雜誌上，讀到一篇短文：一個十一、二歲的孩子，星期天一大早，在父母一開始吵架就跑出去，無目的地遊蕩，直遊蕩到估計父母親已吵到筋疲力竭後才回家。一進門，母親就對他怒吼：「你死到哪裡去了？你還知道回家呀？」他一語不發，奔回臥室，倒在床上大哭。

看到這裡，我不禁淚水盈眶。原來中外都是一樣。能說天下無不是的父母嗎？能說天下父母都是愛護子女的嗎？

有「問題父母」，才有「問題兒童」吧。

怎不令人唏噓嘆息呢？

意在言外

意在言外當然是意味著說話的人說得含蓄、風趣、不刻薄、不尖酸、聽來不刺耳卻能領會深意。這樣說話的藝術也著實不易。一個敬酒的故事倒頗可爲例：

在酒席上，一位男賓向旁邊一位美麗的太太敬酒，嘴裡念道：「醉翁之意不在酒。」這位太太立刻舉杯回敬道：「醉酒之意不在翁。」她的丈夫也馬上接道：「醉酒之翁不在意。」另一位冷眼旁觀的客人卻湊趣道：「在意之翁不醉酒。」四個人都絕妙好言語，卻轉來轉去沒有超出這七個字，也足見中國文字組合之妙。

另有一個笑話，也足見說話的技巧：

有一個人請客，客人到甲、乙、丙三位，做主人的卻嘆口氣說：「該來的不來。」客人甲聽了不是味道，就起身走了。客人乙說：「你這麼？他就生氣走了。」

主人說：「我又不是說他。」乙一聽也不是味道，也起身走了。現在就只剩下丙一個人了。主人又嘆口氣道：「該走的不走。」丙知道明明是說他，也只好走了。

這樣不誠懇的主人，這樣耍嘴皮子的說話，實不能稱之謂「意在言外」，比起前面故事中的人，就顯得刻薄了。

還有兩個小故事，可作爲意在言外的好例子：

有一個人請人喝酒，甲喝了一口皺著眉說：「酒是酸的。」主人認爲冤枉了他，就把甲吊起來。不一會，乙來了，問甲何以被吊，甲據實以告，乙說：「讓我也嚐嚐這酒吧！」乙嚐了一口，對主人說：「把我也吊起來吧！」這眞是妙極了。

有一個小偷，偷了一家的細軟，卻被失主抓到了。失主是個戲迷，他對小偷說：「我唱一齣戲，你如叫好，我就把細軟都送給你。」小偷非常高興，心想叫一聲好還不簡單嗎？失主拉高嗓門哇啦啦地唱，唱完以後問小偷：「你怎麼不叫好呀！」小偷垂頭喪氣地說：「我還是把包袱還給你吧！」

這個小偷，不但說話有技巧，他那種堅守原則，不為小利而說假話的精神，令人欽佩。可是這樣的人，怎會當小偷呢？我這話就問得太沒有藝術了。像我這樣死心眼的人，一輩子也說不出一句「意在言外」的幽默話來。

第三輯

喜新又戀舊

培養文學的生活情趣

生存在這個多元化、節奏快速的現代社會，生活層面愈廣闊，物質享受愈富裕，而身不由己的忙碌、疲憊，反使人感到精神空間的愈趨狹窄，人際關係的日益疏離，家庭氣氛亦偶失和諧。這也許就是叔本華所謂的「愁苦是人類的本分」吧！如何驅除這分「愁苦」，如何提升心靈境界，充實人生，無上良方之一，應該是文學情趣的培養吧！

孔子說：「行有餘力，則以學文。」並非以文學為次要，而是曉喻我們文學與進德修業的並行不悖，且可以相輔相成。在文學的欣賞修養中，深深領悟修身之道。不然的話，何以孔子弟子說：「子以四教，文行忠信」，又將文學擺在第一位呢？孔子的文學課本是《詩經》，他讚嘆《詩經》「可以興、可以觀、可以群、可以怨……」可說是一部歷史的、文學的、哲學的、政治的、心理學的、社會教育的綜合教材。「夫子一一皆弦歌之」，藉音樂以推廣教化，且將三百篇歸納出一個宗旨，就是「思無邪」。

在今日自由開放的社會風氣之下，中國傳統精神的「思無邪」三個字，尤值得我人反覆深思。

由此看來，文學不是風花雪月、羅曼蒂克的名詞，更不是供茶餘酒後消遣的，文學有其深厚而嚴肅的含義，也是形成文化要素之一。西方的古希臘文學，幾乎與文化是二而一的。中國文學自詩騷史傳唐宋詩篇以下，直至現代文學的諸般面貌，正是一脈相承的文化傳統之發揚光大。

生於文化遺產豐富，出版物發達的今日，實在是現代人之福。因爲讀書是最簡單一件事，只要識字，便能讀書。只要肯擠出一點時間，就可開卷有益。書是古今中外的作家與人生世事剴切體認的誠懇記載。領導你開拓胸襟，增長智慧。文學書籍則助你抒發情感、陶冶性靈。書帶領我們上接古人，遠交海外，絕不至有「訪友不遇」或「話不投緣」的遺憾。書是家庭父母子女共同的良伴，也是良朋相知相契的橋梁。

偉大的文學著作，尤其能啓發人類溫厚的同情心，進而謀求促進整個國家的福祉。例如印度的奈都夫人喚醒民族意識的愛國詩篇，賦予了甘地和平革命的政治靈感。美國的史都（Mrs. Harriet Beecher Stowe）夫人所著《黑奴籲天錄》，感動了林肯總統，乃有解放黑奴的南北戰爭。英國小說家毛姆說：「寫作當從生活著眼，從人性出發。」眞是一句踏實的名言。

筆者當年服務司法界時，深受一位公正仁慈刑庭庭長的感動。他的案頭，除了法律書與卷宗，更有《論》《孟》、詩詞與當代散文小品等。於製作判詞前後，常專心閱讀數篇。他說：「文學的一分美與善，常使我有勇氣面對種種罪惡，也更能設身處地同情觸犯刑章之人。」看來他對文學作品的默讀，其功效不亞於信徒的虔誠祈禱。

記得有一本科學著作《海的故事》，作者在每章之首，都寫了極饒妙趣的兩句詩，具有高度文學修養的譯者曾對我說，如不是每章的兩句詩引人入勝，他不會有耐心譯完這本對他完全外行的書。

培根是一位政治家與哲學家，而世人更喜愛的反倒是他的一部散文集。

這些事例，充分說明了文學感人的力量。

我人對文學的欣賞，自然地包含兩個層次。當一篇作品的美妙文辭，鏗鏘節奏與眞摯內容使你擊節讚賞時，這是讀者的感性經驗與作品之共鳴，是第一層次的感情效果。由於這分共鳴立刻領悟到深一層的道德含義，這是第二層次的理念效果。凡是上乘的文學作品，必能同時引起讀者感性的共鳴與理性的領悟，這是文學的美與善也是眞的一致。舉一個淺顯的例子，讀林覺民烈士的〈與妻訣別書〉，誰能不引起滿腔愛國情操，讀朱自清的〈背影〉，誰能不體會到慈父之愛。正如舊時代說的：「讀〈出師表〉不流淚者不忠，讀〈陳情表〉不流淚者不孝。」流淚是感情的，忠與孝，對國家民族與對慈父之愛是理性的體認。這四篇文章都何曾炫耀技巧？只是由於至情動於中而形於外，技巧自見。

中國傳統文學，並不重視技法，而於自然中見技法，尤見其深湛的道德情操。西風東漸後的現代，文學理論家往往過分強調技巧而忽視內容的道德意義，稱之爲「爲藝術而藝術」而非「爲道德而藝術」，其流弊豈止是以辭害意，或以艱深文淺陋。甚至借文學外衣，以逞其描繪穢褻色情之實，而美其名曰「刻畫人性的寫實」。其危害青年身心，敗壞社會風氣莫此爲甚，實令人深以爲憂。從事文學寫作者，固不是道德家、教育家，而文學之深入人心，對社會的潛移默化之功是不可忽視的，這是我個人不變的主張。

一個文學的欣賞者，當不斷充實學識，開拓胸襟，培養正確的文學觀與識辨力，以期於眞正優良的文學作品中獲得啓迪，享受人生幸福。

先師曾對我誨諭云：「不一定是詩人，卻必須培養一顆詩心；不一定是宗教信徒，卻必須懷抱一顆虔敬的心。」文學的欣賞或創作，正是詩心的培養與虔誠心的表現。

要提升生活品質，培養文學情趣，必須普遍地推廣社會的讀書風氣。「有錢無酒不精神」，是物質生活的追求；「有酒無書俗了人」，才是面對「言語無味，面目可憎」者的嘆息。

中國詩歌與音樂

「詩歌」是文字與音樂的結合。用文字寫下來的是詩，也就是歌詞。用嘴唱出聲音來的是歌，也就是歌曲。所以詩與歌二者有著非常密切的關係，是不可分割的。

我們知道凡人都有感情，表達感情最好的方法，就是唱歌。嬰孩牙牙學語，還不會說完整的話，就會自己編歌來唱。可見得人類彼此溝通感情，語言與歌唱是同時進行的，並不是先有語言，然後才有歌唱；先有文字，然後才有音樂的。至於《尚書》上說的：「詩言志，歌詠言。」〈毛詩序〉上說的：「在心爲志、發言爲詩，言之不足，故詠嘆之。詠嘆之不足，不知手之舞之、足之蹈之。」好像視音樂爲文字的輔佐，那是漢儒借詩歌爲教化的張本，著重的是詩歌的教育性。

古代祖先吟歌表意

中國古代的歌很多，《呂氏春秋》上記載，人類爲了表現他們的活動與喜怒哀樂，就會唱出歌來。先民時代，就有田事之歌，種田的時候，三個人拉著牛尾巴投足而歌八曲，這些歌固然已經失傳，卻是先民最早的歌。北美洲的印第安人，也有所謂「舞牛歌」；台灣開化較晚的原住民族，他們的歌，到現在聽起來仍是非常簡單，而音調或高亢沉雄、或婉轉美妙，表達感情格外率眞。可見得歌唱與人類生活的關係是非常密切的。

眞正最完整的詩歌，應推《詩經》。在當初僅是《詩》，漢儒才奉之爲經典。《詩》反應當時民間生活，社會情態、人民的悲歡離合、喜怒哀樂。彼此用來交談，交際，一定是最口語化，最有音韻、最容易歌唱的。試讀〈國風〉第一首：「關關雎鳩、在河之洲；窈窕淑女，君子好逑。」關關就是鳥鳴之聲，形容雙雙對對的鳥兒在河邊飛翔，引起了他思慕美麗的女孩。於是想盡方法去追求她，最後被他追到了。是一首描寫少男少女情愛的詩。

這一類民間的詩歌，一定非常的多，任何人都作，任何時候都有，是大家的集體創作，後來經過史官或採詩之官採集，據說是經孔子刪訂，才只留三百零五篇最最精華的。孔子用它作爲文學與音樂的教材，所以「一一皆弦歌之。」孔子這位至聖先師，就是極重視音樂的，他問禮於老聃，問樂於師曠，他是非常重視音樂教化的，對美妙音樂的愛好，每每到了忘我的境界，才會「聞韶三月不知肉味」，自嘆說：「不期爲樂之至於斯也。」

北《詩經》，南《楚辭》

《詩經》產生在中國文化發源較早的黃河流域。此因北方一片廣闊的平原風沙，人民心胸比較豁達、樸實，而且遊牧或耕種都非常辛苦，民性也比較缺少想像力，對上天的神祇都抱一份敬畏之心。加以孔孟儒家哲學的影響，所以《詩經》的感情思想是溫厚的、單純的，詞句是簡短的，音調或高亢或沉雄，缺少委婉曲折的節奏。

及至文化逐漸發展到南方的長江流域，地理環境不同，南方或山明水秀，引人旖旎之思；或雲煙山澤，逗人迷茫之感。而且物產豐富，人民生活安定，加以莊子哲學那種馳騁萬里的「逍遙遊」思想的影響，使他們產生了豐富的想像力，和羅曼蒂克的氣質。他們表現思想感情所唱的詩歌，就和北方的《詩經》迥然不同，他們的詩歌總集，就是《楚辭》。《楚辭》由屈原、宋玉總其大成，但也採集了許多民間歌謠，予以美化。

《楚辭》的句法變化無窮，感情委婉纏綿。音調的節拍更是隨內容而變化多端。我們知道，愈是開化較晚的地區，對文化的吸收力既強，而創造力也特別豐。當時各國使節來往，都以唱詩代替說話，既含蓄又高雅。而且楚莊王有稱霸中原的野心，派使節到北方去學習，漸漸地，節奏簡單的《詩經》，和南方的歌謠音樂混合，變化出綺麗多姿的《楚辭》。

在這中間，讓我們先欣賞一首《詩經》與《楚辭》之間的過渡詩歌，這首歌叫〈越人歌〉：

今日何日兮，搴舟中流。今夕何夕兮，得與王子同舟。蒙羞被好兮，不訾垢恥。

心幾煩而不絕兮，得知王子。山有木兮木有枝，心悅君兮君不知。

據傳是楚國王子到越國遊玩，看見河邊浣衣少女，美豔多姿，心裡非常喜歡她，就邀她同舟共遊和她說話，卻是言語不通。浣衣少女也露出對王子愛慕之情，便唱了這首歌來報答王子。王子聽不懂詞意，遂由隨從臣子譯為楚語，唱給王子聽。歌中用意是如此的纏綿，相信當時此詩配上楚國音樂，一定聽得神思顛倒吧。可見得文學與音樂，是互通情愫最好的工具。

這首歌雖稱〈越人歌〉，卻完全是荊楚風格，也是《楚辭》的先導。像《楚辭》中的「沅有芷兮澧有蘭，思君子兮未敢言。」可說完全脫胎於這首詩的最後二句。而他表達的情意，就比北方的詩歌婉轉含蓄得多了。

歌謠問答樂

走筆至此，使我不由憶起童年時代，在故都和村童遊伴一起所學的一支歌謠，我現在用文字將它記錄下來，力求保持原來的韻味與情調，以供讀者賞玩參考：

「阿仔（少女）埠頭洗腳紗（纏腳布），腳紗漂去水生花。」

「搖船的表哥替我攬一把，黃昏到我表妹家裡喝香茶。」

「我哪知表妹妳住哪裡？」

「水圍門兒門牆裡，下有碧紗窗，上有玻璃瓦，小院角裡還有一株牡丹花。」

「粗糠哪配珍珠米？粗布哪配細綢綾？」

「搖船的表哥呀，千莫這樣講，十個指頭伸出有長短，山林樹木有高低。」

這正是少男少女彼此一見鍾情的歌謠，一問一答，同樂府歌辭中〈羽林郎〉、〈董嬌嬈〉等風格非常相似，記得我童年時與遊伴一同唱起來，老長工以自製竹筒蒙上豬油皮敲著節拍相和，眞個好聽。如今每每一個人低哼，引起無限思鄉之情。我的故鄉是浙江永嘉，正是戰國越國舊邑。所以這首歌謠，也可說是第二首「越人歌」了。

《楚辭》中的〈九歌〉，是祭神歌曲，充滿了綺麗和思慕之情，把神寫得既美麗，又多情。例如〈湘君〉，寫湘江女神的降臨：

帝子降兮北渚，目眇眇兮愁予。嫋嫋兮秋風，洞庭波兮木葉下。

女神來臨了。一對美目，睇呀睇的（眇眇），格外地脈脈含情。引得我神思恍惚。洞庭湖水輕波蕩漾，木葉紛紛飄落。「眇」在字義上是少一目，其實是眼睛睇起來細細的，特別有一股媚態。

又如〈雲中君〉，是描寫雲神的：

> 君不行兮夷猶，蹇誰留兮中洲，美要眇兮宜修。

意思是說你何以遲遲不來，是爲誰在中途逗留呢？下接：

> 沛吾乘兮桂舟，令沅湘兮無波，使江水兮安流。

我要用桂樹做的香舟來迎接你。怕你暈船，我要叫沅湘之水，風平浪靜。如此的盼待，是多麼纏綿的情意啊！

在當時，祭神有巫師起舞，「巫」這個字就是個象形字，中間的「工」是樂器，當中一條直的是弦，兩邊二人對舞，一邊拉弓而唱。詩中的「兮」字，是表示在唱歌時，內心充滿感情，上升到喉頭被堵住，化爲一聲嘆息，等於語體文中的呀、唉、啊等嘆詞。

這些詩歌，原都是可以唱的，在祭神時，伴著音樂，配上舞蹈，典禮一定多采多姿。只可惜樂曲已失傳，現在就算沒有樂曲，各人用自己鄉音隨心所欲地唱，仍然非常悅耳而且押韻，因為中國文字本身就富於音樂性。

立樂府傳唱歌謠

《楚辭》的形式結構，為漢朝的賦所承襲，成為更富麗的韻文，文字愈繁複，反而不能歌唱，而眞正使詩歌與音樂密切結合的，則是漢朝的樂府。

樂府本來是指掌理音樂的官署，就像今日的音樂院。而當時即以「樂府」直接稱詩歌，可見對文學與音樂配合的重視。漢高祖本身就是非常喜愛楚聲的，他統一天下之後，唱出了「大風起兮雲飛揚」的〈大風歌〉。回到故鄉，招集一百二十個兒童，以編了樂譜的「唐山夫人安世房中歌」來唱，這應該是中國最早的兒童合唱團了。

這時已開始漸漸有樂府歌詞，但還沒有定型。到了武帝，才正式立樂府，命李延年為協律都尉（就是專管作曲的官），命司馬相如作詞，以八音之調，作十九章歌。這才是正式的皇家音樂院的開始。

樂府在漢朝特別發達，與帝王的愛好有很大關係。樂府也有民間與廟堂之分；民間的稱歌謠，廟堂貴族的稱新聲曲。但後者總不及前者傳唱之廣。到哀帝時因不愛音樂，下令罷去樂府之官後，所流傳下來的，實在都是民間歌謠的所謂樂府了。

樂府歌詞中最主要的部分就是「相和歌」和「清商曲」，相和是絲竹相和，執節者歌。清商曲是以商調爲主。文帝的〈燕歌行〉中說「援琴鳴弦發清商，短歌微吟不能長。」就是指的「清商曲」了。至於〈郊廟〉、〈燕射〉、〈舞曲〉等都是配合宮庭樂曲而歌的，內容不外歌頌朝廷德政。還有「鼓吹曲」是配合簫笳的，「橫吹曲」是配合鼓角的，是在行軍時馬上所奏的軍樂，想來相當雄壯。可惜樂譜失傳，我國研究音樂史的，一定可從古代遺留下的樂器中找出端倪。

漢代樂府之盛，除了帝王愛好外，也由於天下統一，西域樂器傳入，多種的樂器，必須變化多種的歌來配合。加以文人以其才情綺思，儘量把民歌予以改編協律，記得胡適之先生曾有這樣的話：「漢代韻文能保留一點生氣，全靠民間歌曲。」（大意如此，因手邊無書，無從查考。）

民間歌曲與文人的結合，使文學作品更富於音樂性，也更趨於平民化。文學作品因歌唱而傳播更廣，內容也益趨廣闊。進步到像〈孤兒行〉描寫社會情態，〈孔雀東南飛〉寫盡了愛情婚姻的不自由痛苦，更是絕好的完整故事長詩了。

樂府歌辭到了南北朝時代，就以南方的歌謠比較興盛，但也有北方歌辭而被誤認爲南方的，像〈木蘭辭〉就應當是北方文學。大致說來，南方的歌謠比較優美、感傷、婉轉、含蓄，見得一分兒女情長。北方的歌謠則比較宏美、悲壯、豪邁直率，一派英雄本色。

到了唐朝，詩歌與音樂關係最密切的，莫過於律詩與絕句，因二者都可入樂，都可高聲朗唱。尤其是絕句，比較伶俐輕便，易於上口傳播。盛唐時李白的絕句可算獨步千古，音調鏗鏘，意境超越。幾乎首首都可唱。其他如王昌齡、王之渙等人的絕句，也都被民間搶著唱。當時每個詩人都以自己的詩能被多唱爲榮，故後人稱好絕句爲「帶有唐音。」

王灼的《碧雞漫志》記載旗亭畫壁的故事，說王昌齡、王之渙、高適三人在旗亭飲酒，剛好梨園伶官也在燕飲，他們三人相約看誰的詩被唱最多，各自在旗亭壁上作記號，結果王昌齡的被唱兩首，高適的被唱一首，王之渙打賭說那個最美的女孩如不唱他的詩，他就終身不再作詩了，果然那最美的唱了他的「黃河遠上白雲間」那首詩。可見當時名士詩人的詩入歌曲，風氣非常之盛。劉禹錫曾對白居易說：

「勸君莫奏前朝曲，聽取新番楊柳枝。」所謂「楊柳枝」就是音調特別優美的絕句。

律絕被教坊作曲家配音，有時爲了節奏，加上幾個襯字，便變成了長短句，詩人們自己也主動地向這方面創作，就著音樂的需要，將律詩絕句漸漸地改成另一種形式，這就是詞的產生，所以詞也稱曲子、倚聲、長短句、詩餘。晚唐時，詞已經相當盛行了。相傳盛唐的李白就已經作了〈菩薩蠻〉、〈憶秦娥〉，被稱爲百代詞曲之祖，但這不一定可靠。不過明皇時代，確已有詞。他慶祝貴妃生日，命樂工作新曲以博愛妃歡心，曲成後一時想不出調名，正巧南國使臣進貢新鮮荔枝，因貴妃最愛荔枝，即題此曲爲〈荔枝香〉。杜牧之有詩云：「一騎紅塵妃子笑，有人報道荔枝來」，即指此事。與這相對比的，卻是一段傷心故事：明皇自寵幸貴妃之後，冷落了梅妃，有一天，他忽然想起梅妃來，正巧番邦進貢珍珠，他就揀了一斛最圓潤的珍珠賜與梅妃，梅妃睹物思人，百感交集，遂作了一首詩回報明皇：

柳葉雙眉久不描，殘妝和淚暗紅綃。長門鎮日無梳洗，何必珍珠慰寂寥。

明皇讀詩，慚感萬分，乃命樂工譜曲而歌，題名〈一斛珠〉。

這些故事，一面使我們知道當時的宮庭生活，一面也了解音樂與詩歌的密切關聯。

多采悅耳的宋詞

由詩演進到詞，以及詞的大興，音樂的功勞最大。唐五代詞人，幾乎無一人不諳音律。晚唐的溫庭筠，幾乎是專門爲歌伎們作詞歌唱的。內容多半描寫她們的感情生活，絲絲入扣，她們也更樂於歌唱。到了北宋時，官宦與文人冶遊之風日盛，唱詞成了不可缺少的交際助興項目。有趣的故事，簡直記不勝記。像大詞人柳永，就成了家喻戶曉的作詞作曲家，當時都說「凡有井水處，都能歌柳詞」，他也以此自鳴得意。一生作不了官，發牢騷說「忍把浮名，換了淺斟低唱。」仁宗批道：「且去淺斟低唱，何用浮名？」他從此索性留戀歌台舞榭，自稱「奉旨塡詞柳三變。」（他功名無份以後，改名柳三變。）

還有周邦彥，是位有名的音樂家，自己創調制譜，徽宗召他主持大晟樂府，他自度之曲更多，貴人學士都喜愛他典雅的詞，市井娼妓則唱他通俗的詞。他那一首

「并刀似水，吳鹽勝雪」的〈少年遊〉，就是躲在名妓李師師屏風後面，聽徽宗與李師師綿綿情話時所作的詞。後來還由李師師親自彈琴唱給徽宗聽呢。君臣相謔，在當時眞可說相當民主作風了。

南宋的姜白石，更是一位對音律要求極嚴格的作曲家，晚年嘯傲山水，非常自在。他的一首詩：「自製新詞韻最嬌，小紅低唱我吹簫；曲終行盡松林路，回首煙波十四橋。」寫盡了旖旎風光的生活。他自度曲十七首，詞集名《白石道人歌曲》。〈暗香〉、〈疏影〉是他的代表作，是最完整的兩首歌曲，也是在文學上最見功力的傑作。

宋詞既成了如此流行的歌曲，文人與教坊樂工，越發的密切合作，創了許多新腔新調。當時所配合的音樂，樂器中多了西域傳入的琵琶，就比漢魏樂府的雅樂、清樂，更複雜悅耳多了。除了能自度曲的詞人之外，自己不會作曲的，有的賴樂工配曲，有的就取別人現成的詞調來塡入詞句。因此才有「塡詞」這個名稱。意即按譜塡入，往往是先有譜而後有詞的。所謂的「由樂以定詞，非選詞以配樂。」如此一來，詞的音樂性加強，而詞在內容感情方面，反而受了拘束。但話又說回來，眞正能傳諸後世的，還是得二者兼備才行。何況後世詞的歌唱方法已不傳，人們也只能從文學本身以量其內容與音樂性了。

尤其是大詞人蘇東坡，他革命性地有意打破詞的格律，他作品中，不按原調叶韻斷句的很多。他的功勞，卻是使詞脫離音樂而獨立。即使不賴音樂，詞本身亦有其文字上的音韻、氣勢與意境，這又是詞一個突破性的進步。

宋詞可歌唱，但當時只唱而不加舞蹈，而且每次只唱一闋，或來回重複地唱，或同一調連續數首說一件事，一次唱完。如歐陽脩有〈采桑子〉十一首，趙質麟有〈蝶戀花〉十首，都是盛傳的歌詞。但漸漸地文人與樂工都感到太單調不夠變化，因而合幾種不同的曲子爲一組，就成爲「諸宮調」。由此再進一步，就成了南戲。據明祝枝三考證，「南戲形成在宣和之後，南渡之間。」即溫州雜劇，或永嘉雜劇，是由宋人詞加入里巷歌謠而成，雖然押韻，而詞意非常粗淺通俗。

我追憶幼年時在故鄉永嘉看廟戲，時常從城區請來不同的戲班，有的京劇，有的崑班，有的「亂彈班」，想來這就是雜劇了。記得一次看趙五娘吃糟糠，一面唱，一面噎糠，一面扶著瞎子母親，演來情景逼真，感動得母親紛紛淚下。還有「王十朋祭江」，那個書生也唱得聲淚俱下，可惜我年幼聽不懂詞意，而那忽爾高亢，忽爾低沉的悲悲切切之音，至今仍縈繞耳際。雖然那時的演員絕沒有文學修養，戲詞想來也一定非常俚俗。但無論如何，那是一種平民文學與平民音樂。所以劉後村有詩云：「身後是非誰管得，滿村聽唱蔡中郎。」蔡伯喈的戲，我看了不止一次，記得父親還對著曲本邊聽邊對詞句，弄得鄉下土戲子緊張萬分。兒時情景，又歷歷如在目前了。

由宋南戲發展至元曲，文詞之美，曲調之工，已至登峰造極之境。元曲中記動作的稱「科」，記對話的稱「賓」，記獨白的稱「白」，記歌唱的稱「曲」。元曲的完成，可說融文學藝術音樂於一爐，眞可稱一代絕作。王國維宋元戲曲史中讚美元曲，說佳處在乎自然，因爲作者都不是名人學士，他們的寫作並無傳名之心，只是一時意興，自娛娛人而已，所以格外的自然眞摯。（大意如此，因手邊無書不能查考。）這話是相當有道理的。

本文重點在介紹中國詩歌與音樂的密切關係，寫來雖不免冗長，而仍只粗枝大葉，又以客居中參考書籍缺乏，疏漏至多，只供讀者諸君參考而已。如有錯誤，尚祈高明指正。

——民國六十八年四月二十四日於紐約

一棵堅韌的馬蘭草

——《馬蘭的故事》所顯示的道德情操

《馬蘭的故事》原名《馬蘭自傳》，是潘人木三十多年前繼《蓮漪表妹》之後的第二部長篇小說力作。二書都由作者用心改寫，由純文學出版社先後於民國七十四年一月與七十六年十二月，以嶄新面貌問世。使這兩部極具時代意義的好書，不致埋沒，實爲萬千讀者之幸。

時代故事催人熱淚

《馬蘭的故事》的時代背景，是從民國十六年左右九一八以前，經過八年抗戰，到三十八年左右大陸變色的這段期間。內容寫馬蘭自八歲至三十歲左右。從瀋陽、台安而北平而台灣。二十多年中所受戰亂流離之苦，加上不幸婚姻的掙扎；更包含了一段出人意表，催人熱淚的親情故事。

初讀時，我彷彿在讀一部曲折的奇情小說。爲馬蘭的遭遇而不平。爲她對父母的孝心，和包容惡人的愛心而感動，乃至哀樂難以自主。心潮起伏中讀畢全書，稍稍沉靜一段時間以後，再用手指點著一字不漏地從頭細讀。

我除了激賞作者的智慧才情所灌注於本書的藝術價值之外，尤不能不讚佩她那一份崇高的道德情操。

我認爲作品所顯示的道德情操，是比技巧尤爲重要的。因爲一部眞正好的小說，不只是以情節取勝，引讀者的好奇心或哭與笑，而是使你透過情節和書中人的一言一行，反覆深思那意到筆不到的含義而永遠難忘。至於對千錘百鍊的文字功力之欣賞，自是不在話下了。

我不是文學評論家，不會引用文學理論來品評一部小說。我相信一位誠懇的小說家，一定是由於胸中有一股「不能已於言」的熱忱而不得不寫，絕不是爲要表現文學主張而寫。

不賣弄技巧而技巧自在其中。故無需依傍什麼文學理論來予以詮釋。因此，我只就個人細讀本書的心得感想，隨筆寫來，期能與同文分享。

先將《馬蘭的故事》的內容，作個介紹：

馬蘭的父親程堅，帶著妻兒從瀋陽到台安縣就任縣衙門承審之職。他因心中不愉快，將氣出在幼女馬蘭身上，怪她出生年月不利。給她取名馬蘭，表示她像馬蘭草似的無足輕重。

馬蘭天性純厚善良，孝敬父母，友愛姊弟，雖受盡嚴父責罵和兩個姊姊的捉弄而毫無怨尤。還儘量想討父親喜歡，願代慈母分憂分勞。

他們在大虎山下火車換乘篷車去台安，趕車的鄭大海是個講義氣愛國的江湖人物，當過五天土匪立刻改邪歸正。他同程堅一路上談成好友，到台安後，程家就在鄭大海家中住下，一住兩年。小兒不幸夭折，縣長太太乃邀程家搬進縣衙門居住。馬蘭因而常去監獄玩耍，發現獄中有個凶狠的死囚李禿子，也認識了大家都喊他「小日本鬼」的林金木。

馬蘭一見他就覺得他像是她的弟弟。因相互扔接一把作廢的大鑰匙而成了好友。馬蘭發現他頸下吊的香包小老虎，他說要遵守逝世父親之命，到他二十歲時才能打開。這事在馬蘭心中一直是個疑團。有了金木的手足之情，馬蘭不再感到孤單寂寞了。

兩個姊姊進省城升學後不久，馬蘭也到縣城小學讀書，同學中有個萬同，還有個騎了「雪裡紅」馬來上學的縣長兒子黃禮春。

不久監獄發生暴動，原來就是死囚李禿子和黃禮春等勾結裡應外合。李禿子越獄逃亡，遺下無窮後患。

馬蘭奉父命與黃禮春訂婚，註定了她婚姻的不幸。

守法的程堅因妻子種大菸草憤而辭職，一家搬出縣衙門，住回鄭大海家。不久，嬸嬸也接馬蘭去瀋陽升學，她與金木從此分別，互贈禮物以留紀念。

九一八事變，日軍占領瀋陽，馬蘭離校返家探母，與母親病危談話中，才知自己身世。

日軍大舉侵犯東北後，部分散兵與百姓組成抗日游擊隊，鄭大海任裕民軍第八大隊長。馬蘭任自衛團小老師。越獄死囚李禿子竟當了巡查。實際上是與共黨暗通聲氣，企圖阻撓游擊隊工作。

馬蘭與禮春匆匆成婚，奉父命二人同去北平升學，卻從此受盡折磨。禮春不許她入學，又偷去她的錢，她只好賣報維生。因勞累過度而小產，賴鄰居趙教授和萬同的照顧，倖免於死。

李禿子又來控制禮春，要他參加反政府的學生遊行。繼而指使他遠去南京，為共黨工作，丟下馬蘭不顧。

七七事變，萬同護送馬蘭去南京，到天津時，他不幸被日軍所捕，馬蘭只得折回北平。幸老父趕來探望，父女重逢，悲喜交集。

馬蘭繼續求學，畢業後教書。三十四年抗戰勝利，馬上又是共黨作亂。李禿子利用禮春去台灣為潛伏分子，乃買船票供馬蘭夫婦到台灣。馬蘭在台北鄉間當小學老師，禮春在某單位工作。兩月後產子小復。不久巧遇萬同，喜出望外，即託他打聽林金木下落。

禮春僞稱去山地出差而離家，因事發為警方追捕，突與李禿子逃回家中，威脅馬蘭掩護，為馬蘭所拒。至凌晨二人逃出，互起衝突，禮春擊斃李禿子，自己墮河而死。

由於萬同的協助，馬蘭終於見到了闊別十九年的林金木，也揭開他身世之謎。馬蘭終於找回童年時的知己，也獲得最寶貴的親情。

生動人物正義溫厚

現在就本書所顯示的道德情操這個觀點，來談談書中人物。先說程堅吧。在第二頁作者寫道：

「無論在誰看來，我父親程堅是個規規矩矩的讀書人。」

「行李上都貼著字體工整『程記』的標籤。」

舊時代的讀書人，就有著讀書人的性格與骨氣。寫字一筆不苟，就表示做人一絲不苟。他在車站拒絕紅帽子幫他搬行李，不是吝嗇而是他節儉成性，凡事不願假手於人。他不許女兒買薰雞吃，是因他幼承庭訓，也要以此教導兒女。舊時代的父親，都是外表嚴厲，把慈愛深埋心底。這種情形，在我這樣年齡的人，回想童年時父親的神情，都可體味得到，因此讀來感受特深。也意味得到作者著筆之細膩。

程堅常責罵馬蘭是「廢物、討債鬼、討命鬼。」甚至要她拎著包袱在雨地裡追著篷車跑，使讀者都感到不忍而怪程堅不公平。誰能知道他心中隱藏著一段不願表白的感情呢？幼小的馬蘭，卻深深體會到了。

不知怎的，每回我聽見爸唱，就要落淚，我恍惚領略到，他有許多隱藏的情感，不願表達。所以悲悲切切。但我滿身不祥，完全得不到他的歡心。不能分擔他的煩惱。（二四頁）

他的性格，馬蘭也深深了解：

爸的嘴似乎是生鐵鑄的那麼無情，但他的心未必同樣使人難忍。這是我在逐漸成長的歲月裡慢慢體會出來的。

程堅內心的感情祕密，在第五章鄭大海對馬蘭講的紅粳米故事中可以知道。他原是個極重然諾，講道義的君子，爲了秦車把（車伕）救他一命，他就撫養了他三個遺孤。他特別呵護大二兩女，對親生的馬蘭反常加斥責。給她取名馬蘭是要養成她的謙卑心，「哪怕是棵馬蘭草，也要是有點小用處的人。」（三五頁）他對她愛之深，期之切的苦心，可從以後篇章中體會得出來。

例如他講謝道蘊的故事給馬蘭聽，馬蘭頑皮地說：「我可以說『彷彿蘆花滿天飛』，」他噗哧笑了（一二三頁）。表示出他嚴厲後面的慈愛。馬蘭洗衣服時玩肥皂泡，他看見了，只說了句：「這麼大了還玩肥皂泡。」我可以體會馬蘭當時覺得父親沒有罵她，就跟緊緊擁抱她一下一樣的快樂。

他送馬蘭去縣城上學的一段，寫得極爲生動。他要女兒朝學校相反方向的小橋走過去再走回來，當馬蘭小心翼翼地走回來，抱住父親的腿喊：「爸爸，我又到了。」他一直沒說話，嘴脣顫動著，注視橋下潺潺流水。他對她說：

我是要叫妳了解，一個人如果想達到一個目的，一定要經過許多想不到的困難。

這是全書中惟一的一次，程堅對女兒正面的誨諭。

下面的一段話，尤爲感人：

叫妳過橋，也是想再聽妳說：「爸，我到了。」妳小時候走路比誰都晚，別的孩子會走路的時候，妳只會爬，等會走，又總跌跤。從炕頭走到炕尾，費九牛二虎之力，到了炕梢，一定說：「爸，我到了。」像到了天

上似的。他牽起我的手，牽到袖口裡面。（一一六頁）

寫父親文章最深刻感人的，在我印象中，有徐鍾佩的〈父親〉，和林海音的〈爸爸的花兒落了〉與此段可以前後輝映。

其後，爲了馬蘭去瀋陽上學，程堅假扮啞巴車伕，把她送到王家屯託給鄭大海送去大虎山，這一段又是劇力萬鈞之筆。尤其是寫一隻黑蝴蝶繞著車子翻飛，襯托馬蘭離家的寂寞。以及由鄭大叔說出啞巴車伕就是她的父親。馬蘭的驚詫、頓足、後悔的一段，眞是催人熱淚的父女情。

馬蘭去北平後，戰亂中，萬同護送她去南京，萬同在天津車站被日軍所捕，馬蘭只得沮喪地折回北平，意外地見到父親。這份悲喜，眞個只能意會，難以言傳。益見得作者落筆時情懷之溫厚，她總不忍使讀者也過於傷感吧。作者如沒有這份溫厚情操，就不會有如此感人的布局了。

程堅是個規規矩矩的讀書人，也是個守正不阿的法官，平日判案無枉無縱。這一點，作者巧妙地從他妻子口中補出：「不是說要保護沒罪的第一，判刑有罪的第二嗎？」

他因妻子種大菸而引咎辭職，搬出縣衙門，足見得他心地的光明無欺。

他尤其是個民族意識極強的愛國者。日軍占領台安縣後，縣府張收發當了偽公安局長，要「提拔」他當書記。他義正辭嚴地拒絕了。

「我做法官，做個清白的法官。我不做法官，也別想把我拉下去蹚渾水。」（三七六頁）

斬釘截鐵的口氣，現示了他凜然的風骨。讀聖賢書，所為何事，程堅於個人的出處進退是絲毫不苟的。

作者以語言行為，塑造出程堅這樣一個有骨氣的人，使讀者也不只是欣賞故事情節而已。

馬蘭的母親，作者對她著墨雖不多，但無言之美，正顯示了她的隱忍依順。對於一家之主的丈夫的權威，永遠是尊敬服從。

這是舊時代女性一貫的美德，她也以此教導女兒。她對女兒的婚姻感到抱歉不放心，但還是勸諭女兒從好處想，盼望禮春能改邪歸正。她病危時對女兒說的話，正反映出她一生做事待人的原則：「這些日子，我想到的都是別人的好，不是別人的壞。」

凡是歷盡人生艱辛苦難的人，讀至此，或都將潸然淚下吧。

在母女最後一次談心中，馬蘭知道了兩位姊姊的身世，也知道自己才是惟一的親生女兒，更體會到父親對她「苦其心志」的一片苦心，因而越發心懷感激。

像這樣天高地厚的親情，作者以曲折的情節婉轉寫來，如無一顆體驗入微的心，何能有此迴腸百轉之筆？

江湖好漢正是小人物

鄭大海雖然是個跑江湖的車把兒，但他有強烈的是非感，看不來台安縣長的無能，兒子的依勢凌人。他愛國，痛恨日本鬼子。可是他不離嘴的菸袋，嘩啷啷的大鈴鐺，嚇得馬蘭當他是紅鬍子，但當她聽他說：「以前用槍做壞事，以後打算用槍做好事，把罪過補回來。」又覺得他由壞變好。馬蘭對鄭大海的感覺是由怕而討厭而恨，最後是她最最敬愛，最最依賴的鄭大叔。

看不到鄭大叔，聽不到他洗臉的聲音，像是丟掉了什麼似的。他就像我們家的守護神，有他，我感到安全。

日軍侵占東北以後，鄭大海與民兵組織自衛團，以游擊戰對抗敵人，出生入死，在所不顧，達到了他拿槍做好事，以贖前罪的願望。也發揮了他高度的愛國情操。

作者寫這樣一個江湖好漢，描摹他的口語，非常傳神。

「不管怎樣，我鄭大海是王八吃稱鉈，鐵了心了。」

「你們要打，我就打前陣。你們要退，我就斷後路。」

他（指日本鬼子）不找我，我要找他。我這輩子就是喜歡聽個響兒。」

——「聽個響兒」是他的口頭禪。

他是正義的代表，和越獄逃犯、爲虎作倀的李禿子是強烈的對比。「大鈴鐺」是他光明磊落的象徵。在全書中，前前後後出現有九次之多。

有一次馬蘭勸他把鈴鐺摘下，他說：「我才不摘呢。別人越是不做聲，我越是叮噹。做壞事的人，一聽到我的鈴鐺，就得遠遠兒閃著。我老鄭可不是好惹的。」

鈴鐺時常在馬蘭心中響起，尤其在急難中。當她被李禿子綑綁，苦思能找到一樣可以發出聲音的東西以警告自衛隊時，忽然想到「若是我腳下有個鈴鐺就好了。」（四二○頁）暗示無論如何危厄，正義總在人間。讀至此，面對今日社會，不禁令人興「吟到恩仇心事湧，江湖俠骨已無多」之嘆。

林金木這個小日本鬼，是馬蘭心中的天使，是知音良伴，也是一片純眞的手足之情。他給馬蘭的第一個感覺是：「眼睛特別亮，彷彿集聚了黃昏時刻所有的光線。」（八二頁）隱喻林金木是黑暗中的一線曙光，點亮了馬蘭的心。

她和金木由於扔接一把作廢的大鑰匙而認識，乃成推心相契之友。大鑰匙常為他們見面時的話題，也是他們友情的象徵。經過金木的觸摸，馬蘭覺得大鑰匙不再是廢物，它雖沒變成金子，但她和金木幾十分鐘的初聚，卻像賦予了它光彩，在它小小身體裡閃爍著。（八六頁）

「光」也在馬蘭心中閃爍著。有了金木的友情以後她的感覺是：

原本屬於我而被人奪去的什麼，已由他歸還給我。因此，我的面容光

亮了，也較前美麗了。（一一五頁）

知道自己在金木心中的地位，任何別人的褒貶都不足使我喜，使我悲。（一七〇頁）

無限崇高的知己之感。心如金石，作者卻故意以一把人人鄙棄的廢鐵鑰匙爲喻。父親無心撿到時將它扔給母親，諷刺地叫她以它開啓地獄之門。母親將它給女兒辟邪。而馬蘭卻寄望世間定有一個可愛的地方，用它去開啓。可見得鑰匙是金還是鐵，它開啓的是天堂還是地獄，端在一心。這一點是否作者的寓意呢？

馬蘭於去瀋陽讀書時，與金木珍重道別，贈給他的就是這把大鑰匙。十九年後重逢，大鑰匙依然無恙。是不是象徵「但教心似鐵石堅，天上人間會相見」呢？無論是親情、是友情，這一份堅貞，總是人間至高無上的情操。

金木曾捧給馬蘭一棵小棗樹。這棵幼苗，永植在她心田之中，給了她無窮啓示。「小棗樹」也是他們純潔情操的景象。無論歷經多少磨難，她永遠抱持一份青春向上的希望。她覺得：「樹木、花朵，一切植物都對我別具意義。每見植物幼苗

從地裡鑽出來，就感動得熱淚盈眶。」她也盼望著金木的突然出現。（四三九頁）

在母親病危時，她要到劫後的教養工廠廢墟中找回小棗樹，擺在母親窗台上。在共黨進關時，她手植的心愛小棗樹已開過小綠花，死心塌地的等待結果子。是怎樣的一份期待啊！

令人感動的是金木小小年紀，也許由於淒涼身世，他的深諳世情，超過成人。他像哲學家似的，時常愛說的一句話就是：「一切的事情，都有兩面，有壞的一面，也有好的一面。」馬蘭深深受他感動，也更有勇氣面對苦難。連她的好友也說過同樣的話。她與萬同在台北意外重逢時，萬同就說：「一切的事有好的一面，也有壞的一面，不過永遠都有遺憾就是了。」（五一八頁）悵惘的就是人生總是打著迂迴戰啊！

萬同是馬蘭童年時代的同學，他的舅舅趙教授是馬蘭在北平的鄰居。二人在書中原都是陪襯人物。可是他們對馬蘭急難中的援助支持，充分發揮了中國人隆情高誼，古道熱腸的胸懷。

足見作者在情節的安排上，都是掌握著這一貫精神的。尤其是寫萬同護送馬蘭自北平至天津火車上的一段，最是動人。萬同對馬蘭呵護無微不至，他買牛肉乾給她吃，教她慢慢兒撕來慢慢兒咀嚼。馬蘭邊嚼邊欣賞車窗外的風景。這一段旅程，可以說是馬蘭飽經憂患後，一生中最最幸福的時光了。

作者寫萬同與馬蘭之間那一份高潔的友情，令人擊節嘆賞。寫他們在車站排隊時，馬蘭在萬同背後，不由得注意他的格子襯衫，大格子套小格子，想自己以後也要做一件這樣的襯衫穿。有意在急迫的等待中夾以輕鬆的心理描寫。繼而馬蘭又注意到萬同的高腰球鞋上兩塊黑膏藥標誌。黑膏藥球鞋忽然被分隔到另一行，然後不見了。象徵她的慌張與失落感。用這樣的筆法寫萬同的被日軍所捕，而避免正面實寫，可謂脫俗之至。

萬同的彬彬君子之風，與暴戾的黃禮春是強烈的對比，也使讀者由於萬同的善良體貼，暫時忘卻黃禮春的罪惡，代馬蘭感到一絲溫暖。這個對比，就爲暗示人間原當充滿光明希望的。

萬同與馬蘭的友情，是林金木與馬蘭友情的陪襯。二者如清泉脈脈，相互輝映。最後以他二人與馬蘭的重聚作結。高雅的情調，予人以超越塵世的清明之感。

李禿子，這個卑鄙狠毒，陰險無恥的惡鬼，作者將他刻畫入木三分。背後的主使人呼之欲出。黃禮春是他控制下如影隨形的可憐蟲。他懦弱無能，卻又凶暴殘忍。他倆一直陰魂似的追蹤著馬蘭。

作者運其如椽之筆，塑造這兩個集眾惡於一身的典型人物，也塑造了包容一切罪惡的馬蘭，作為強烈對比。是否為慨嘆人性善惡的無可奈何？抑是藉著馬蘭的菩薩心，顯示她對世間惡人的憐憫，弱者的同情呢？

故事主人翁溫柔多情照暖人心

現在，讓我們來看看主角馬蘭吧！

馬蘭從小是個受氣包，父親常常罵她「廢物，討債鬼，討命鬼。」促使她小小心靈的早熟。她儘量想討父親喜歡而不可得。她覺得：

那個車廂外的Ⅲ字，印在我心上，使我終身感到自己彷彿是一節三等車廂。（二頁）

刻畫了馬蘭卑微的心理，也預示了她以後的坎坷。

對馬蘭溫厚善良天性的描寫，作者著墨特多。她愛弟弟，願借壽命給他；看見犯人挑水，同情心油然而生，每天用水都儘量節省；聽犯人腳鐐嘩嘩之聲，感到心靈受折磨，但願他們有較好生活；她不怕挨打，只要媽媽不受屈，姊姊們不受罰。兩位姊姊輪流欺侮她，像輪流舔著一塊糖似的有滋味。遊戲時，連宮女都輪不到，永遠扮宮門前的石獅子，一動不許動（五〇頁）。她總是無怨無尤，反願多替姊姊做事，感到是一份快樂。

弟弟死後，她連哭都怕引起母親傷心：

> 縱使哭泣，我也願意把眼淚拋向暗處，生怕它們在光明裡閃爍。（四九頁）

她較快樂的時光是夜晚能躺在母親腳下，整個身心都沉浸在安全的黑暗裡。母親給她粗糙的小手抹上如意膏，又給她一塊芙蓉糕。她忍不住眼淚簌簌落下，以致噎塞不能下嚥。母親勸她不要哭，她說：「我不是因爲難過才哭，我哭是嫌自個兒不好，什麼時候我才能變好呢？」

讀至此，我幾乎掩卷而泣。馬蘭的傷心，只爲不能討父親喜歡。這種心情，在今日的青少年是無法理解的。作者寫的是小說，但她塑造了糅合舊時代女性美德於一身的馬蘭，想爲告訴世人，最大的容忍，也是最大的剛強。

天下沒有不是的父母。以程堅這樣嚴厲的父親，如生在今日，恐怕馬蘭早已成了太妹了。

馬蘭與黃禮春訂婚後，明知他不肖，但她一片孝思，生怕母親擔憂，在病榻前答應母親說：「媽，您放心，我會慢慢把他變好！」她自始至終盼望禮春變好的那份執著，作者寫得極爲婉轉感人。當她深夜聽見李禿子逼禮春協助陰謀而禮春有點猶疑時，她內心就萌起無限同情：

「第一次，我感到禮春也是不幸的人，很想化做一縷月光，跟他做伴。」（四一六頁）

這幾句話，才眞像一縷月光，溫柔地照耀著讀者的心。

馬蘭爲了對父母守信，於婚姻始終沒一絲怨望，也從無離去禮春之意，還常爲自己不能愛禮春感到歉疚。她雖思念金木，但在內心深處，總把他當親弟弟。對馬蘭來說，孝悌忠信，可說無一不全。

她和禮春的不幸婚姻使她的心太苦，作者乃安排了林金木給她一份純潔的友情，使她內心的苦樂得以平衡。我每回讀到她和林金木兩小無猜的歡樂時，就如於驚濤駭浪之後聽到九天仙樂似的，令我心安。也使我深深領悟，對知己的思念，是培植堅貞心靈的一股力量。

在抗日戰爭結束後，拋棄她八年不顧的禮春忽然回來，她仍然無怨無尤。只覺得：「八年的分離，沖淡了不愉快的記憶。受苦太多的人，總容易滿足。」我覺得作者已將佛家的慈悲和儒家的恕道精神，發揮到了極致。也就是本書所暗示的最崇高的道德情操。

馬蘭的美德，作者一直以「馬蘭草」作暗喻。如「父親順手折了幾根馬蘭，交給母親當繩甩兒給弟弟趕蚊子」，暗示馬蘭的卑微。從此「馬蘭草」三字前後出現至十餘次之多，草蛇灰線，貫穿全書，一一象徵了馬蘭的心理狀態。她有時自卑到連在學校坐頭排都覺享受過分（一二七頁）想到「有一天誰都不需要我卑微的效勞將如何活下去。」（二九五頁）有時又自我安慰：「遍地的馬蘭都像是我所擁有的，給了我一些勇氣。」（五一頁）父親認爲她「往後頂多有馬蘭草的小小用途就好了。」（三五頁）母親卻認爲「就算她是棵馬蘭草，也得像棵家裡栽的馬蘭草。」（一二二頁）對她很疼惜。

認識林金木以後，金木對她說：「說不定馬蘭草有法子變成馬蘭花，不顯眼的小花可以改大，改好看。」（一五七頁）給了她很大的啓示。

她雖卑微而永遠有一顆向上的心。直到最後一章最後一行，「大鑰匙」上拴的不是細繩，而是：

……一片長遍東北的馬蘭草，它比青春更永久，比鋼鐵更堅韌，比太陽更溫暖。

筆力萬鈞，托出全書主旨。馬蘭是繞指柔，也是百煉金鋼。

讀者一定記得馬蘭在戰亂中剪去長髮穿男裝，跟鄭大叔學射擊，當自衛團老師，與鄭大叔一同見游擊司令與參謀，侃侃而談，勇敢又機智。也由於她親耳聽鄭大叔講妻兒被日軍殺害；親眼見學校的圖畫老師於瀋陽城陷落時被日軍削去手指；護送她出城的瀋陽車站職員，爲了忘帶通行證被日軍砍殺；這些血淋淋的事實，越加激發她的愛國情操，也激發起讀者滿腔的同仇敵愾之念。馬蘭確實是由繞指柔成爲百煉金鋼。

全書以人物的性格，和他們生存背景所造成的必然因果關係，加上錯綜複雜的親屬之謎，演進故事。寫出了善與惡的對比，剛與柔的調和，親情與友誼的慰藉，國難與家愁的折磨。本書給予我們的是兼有「壯美」與「優美」的兩種感受。

讀完全書，只覺滿心無奈。不能怪罪書中任何一個人。連李秃子與黃禮春也不忍心去恨去了。

領悟光明永在人間

記得王國維在《紅樓夢評論》中談到人間悲劇的形成有三種：其一是由於惡人從中撥弄，其二是由於盲目的命運之支配，其三是由於人物之處境與彼此之間的衝突，不能自主。而以第三種最爲可悲。

我以爲本書的悲劇兼有了三種因素：馬蘭的不幸婚姻是由於她的認命。李秃子、黃禮春是惡棍，加給她更大的痛苦，但禮春的惡劣性格是由於他惡劣的家庭環境造成。李秃子是個逃犯，在異族侵略與共黨乘機作亂中，這類人海中的渣滓自然是被利用的犧牲品，思之亦復可悲。

因此，我認爲《馬蘭的故事》一書，充分顯示了作者悲天憫人的情愫，在悲傷中卻啓示了一線希望。因爲她最後的處理是兩個惡棍李禿子、黃禮春因相互格鬥，落水而死。象徵醜惡的靈魂，終必隨波濤而去，光明永在人間。萬同與林金木對馬蘭的高潔友誼是希望；林金木研究的紅粳米新品種是希望；馬蘭的新生兒小復是希望；曲終奏雅，給予讀者無限溫暖。

探討了本書的主題與情操以後，覺得作者深湛功力所表現的高明技巧，實在有不勝枚舉的值得激賞之處。第一是她擅於運用伏筆，製造懸疑。而這些懸疑，有如明珠翠羽，閃爍於篇章之間，使讀者的感覺也敏銳起來，急欲一探究竟。慢慢地，謎底都將如剝筍似的，層層揭開，巧妙的安排，引人入勝。

小說的第一任務，究竟還是要吸引你讀下去。伏筆與懸疑，使前後文遙相呼應，正可以增加故事的曲折性，小說的可讀性。例如：第一章裡穿插一段程堅趕車，看是閒筆，其實是暗暗爲程堅曾趕車運紅粳米作印證。也是二十一章他扮啞巴送女兒上學的伏筆。脈絡一線，細看就能發現。

又例如程堅一家搭的是一○二次班車，在二十六章他送女兒到大虎山，正好趕上一○二次班車，以對比馬蘭前後完全不同的心境。凡此用心的伏筆穿插，不勝枚舉。

此外，作者尤喜以重複的事物，強調情景，象徵心情。這些重複的字眼，並不使你覺得多餘，反而像鑽石一般地增加文章的魅力。

最顯著的重複事物當然是「馬蘭草」，前文已引述，茲不再贅，「馬蘭草」之外，還有許多顯著的重複事物，譬如馬蘭隨身攜帶、卻與三姊身世有關的「富貴有餘」包袱皮。香嫩的「薰雞」，鄭大叔的「大鈴鐺」，鄭大叔送給馬蘭的「蟈蟈」。隱藏林金木身世之謎的「小老虎」，象徵他和馬蘭友情的「小棗樹」、「郵票」、「大鑰匙」等。作者都再三爲之穿插了扣人心弦的情節。像編織一張精緻的網，環環相扣，絕無疏漏。足見她對全書布局，早有成竹在胸。就連細小事物如「日光皀」、「灰水簍」、「陰丹士林大褂」等，亦著意不時點染，波光雲影，搖曳生姿。

編筐編簍，重在收口。本書的結局篇，作者寫來尤爲婉轉多姿，卻又溫柔敦厚，哀而不傷，深得《詩》《騷》之旨。

馬蘭和黃禮春的一段孽緣已了，她從苦難中掙扎出來，平靜地撫育襁褓兒。隆情厚義的萬同，爲她從日本找回林金木，特地到鄉間把馬蘭母子接至台北家中，先給她看金木的筆記簿。馬蘭讀後，才知金木已於滿二十歲時拆開她一直惦念在心的

「小老虎香包」，明白了自己的身世。馬蘭此時的感覺是：「經過一生的風波，沒有一次是如此的苦樂不分。」

十九年闊別，恍如一夢，他們劫後重逢的這段對話，值得細細品味。

金木已成了農業專家，馬蘭誇他「小苗長成大樹了。」心中指的豈不是那棵「小棗樹」呢？這是隱隱中與前文呼應之筆。

金木告訴她，他研究的紅粳米新品種，即將發行紀念郵票。集郵是他們童年的共同愛好，紅粳米關係著金木身世。悠悠十九年的離合悲歡，都濃縮在一張小小郵票裡。是人生的巧合呢？還是作者巧心的安排呢？

馬蘭贈給金木的大鑰匙，由金木遞回到她手中。上面拴的繩子就是堅韌的馬蘭草。

至此，作者將書中再三重複提到的「小老虎」、「大鑰匙」、「紅粳米」、「小棗樹」、「郵票」、「馬蘭草」一一作了總結。真個是心細如髮。

他們的談話欲斷還續。當金木害羞地說還未結婚時，二人相對無言。作者在此處忽插寫：「突然不知誰家放了一張歌仔戲唱片，哭聲下落如雨。」以此情節陪襯二人當時複雜心情，可謂神來之筆。

金木又悵惘地說：「什麼事都有好的一面，也有壞的一面。失去的就是獲得的，獲得的就是失去的。」這是他童年時代常對馬蘭講的兩句話。世間萬事原當作如是觀。林金木同馬蘭都領悟了；讀者也領悟了。

爲了抒寫個人感想，我把一部七寶樓台般完整的作品，拆得支離破碎，不成片段，深感罪過。本來一部好的小說，只可以心靈默默去感受，一落文字詮釋，就索然無味了。但我仍忍不住要說，《馬蘭的故事》是一部値得一讀再讀的好書。我們這些老一輩從同樣驚濤駭浪中走過來的人，讀此書時，重溫潘人木從她刻骨銘心的記憶中所描述出來當時的一切情景，重新體味一下那些受苦的人、勇敢的人、徬徨的人、迷失的人的心情，一定都將痛定思痛。尤其是面對今日的政治環境，社會情態，焉得不感慨萬千？

今天成長在台灣安定康樂中的年輕一代，實在無從想像八年抗戰以及大陸變色那段時期，是怎樣一個波濤洶湧的大時代。作者塑造了馬蘭這樣一個集一切苦難於一身，而堅韌地承當下來，終成爲百煉金鋼的女性，應體會她是用心良苦的。讀者們若將馬蘭所受的苦難，與自己所享受安定、自由的幸福作一比較，一定會感到這份幸福的得來不易，就會格外知道珍惜。同時也會領悟：「那個背著沉重包袱上山的馬蘭，那個百鍊金鋼的馬蘭，那個可能是創造這個時代，許多幸與不幸的人的愛人，母親或祖母的馬蘭」，（見《馬蘭的故事》序文〈當圍巾也嗚咽〉。）是多麼值得我們懷念和敬重。

有志於文學創作的年輕朋友們，若能多研讀這樣千錘百鍊的好小說，自當能分辨什麼才是眞正有藝術價值的文學作品了。

——原載民國七十八年四月二十六日《中央日報》副刊

我看新詩

——與隱地談《一天裡的戲碼》

隱地：

收到你詩集《一天裡的戲碼》，迫不及待地讀下去，有的非常喜歡，有的在懂與不懂之間，別有樂趣，也別有會心。並助我擺脫舊詩詞的束縛，可以海闊天空地馳騁自己的想像，可以哭，可以笑，亦莊亦諧，亦喜亦悲。

你融合了哲學、文學、詩、語言。有的海闊天空，有的「一頭霧水」。但因知你甚深，霧水也是溫暖的。

現在來說說我的感想：

〈聽不到的哭聲〉——哀悼少女沈春意之死。這首長詩很感人。背後隱藏了多少青少年問題的悲劇。

〈瓶〉——幽默又悲涼，瓶的貢獻無窮，但誰又愛惜瓶呢？

想起我童年時最愛從垃圾桶裡掏空瓶子，那是玲瓏可愛的香水瓶，是父親愛妾丟出來的，我爲撿瓶子挨了罵，哭到媽媽懷裡，媽媽撫著我說：「不要哭啊！香水瓶只香一時，妳把書念好，將來中了女狀元，香一輩子呢。」我牢牢記住了。

〈盒子與房子〉——你開頭就問，「你喜歡盒子嗎？你蒐集盒子嗎？」告訴你，我好喜歡盒子。木頭的、鐵的、紙的、香菸盒、糖果盒、餅乾盒、月餅盒、爸爸的鴉片煙膏盒，收藏了好多，放在床下，一朝被媽媽發現，被丟棄了，我哭一整天，於是媽媽送了我她的寶貝梳妝盒。媽媽眞好，可惜這個可愛的盒子在亂離中不見了，它卻永遠在我心中。

〈一個屋頂下一個家〉——平易、溫馨。如人人能愛惜這份幸福就好了。只有家才能抵禦外面的風雨。

〈摩天大廈〉——無限的悲憫情懷。最後兩行劇力萬鈞，詩人的心，多麼仁慈啊！

〈不平衡〉——以海浪的具象爲喻，眞好，誰能將海浪鋪平？可能不平也就是平吧！

〈躲迷藏〉——悟透了一切，無悟、也釋然，且玩玩遊戲吧。

〈寂寞方程式〉——「主人老了，鏡子寂寞。」二句道盡人世滄桑。最後一句「歡笑寂寞」尤妙。這是詩人的敏銳之心，才能有如許深的感受。

〈有人來敲門〉——使我想起一首舊詩：「我去尋詩定是痴，詩來尋我卻難解；今朝又被詩尋著，滿眼溪山獨往時。」「詩來尋我」，不就是你此首中的「有人來敲門，詩來了」嗎？可見舊詩中也有很活潑的語言。比如「青山個個伸頭望，看我庵中喝苦茶。」也很鮮活可愛。

〈十個房間之死〉——將「之死」二字取銷好嗎？讓讀者去添上吧。此詩有如當頭棒喝，每個人問問自己，已進入第幾間屋子了。

〈夢願〉——有如詞人說的「換我心，爲你心，始知相憶深。」

〈一個喝咖啡的人〉——平易有情致。「心中的相機，拍攝下一幅好風景」，只因這個喝咖啡的人，懂得如何留住記憶。這樣的人不多吧！

〈不敢叫醒你〉——好可愛，這個「我」眞是能體貼入微。古人詩云：「夢中不識路，何以慰相思。」這一對戀人，雖然相距萬萬里，卻是心心相印。

〈小詩一束〉之六，我最喜歡。

〈歷程〉——把人生看得太透了。不要老提「生與死」好不好？莊子說「其生也時也，其死也順也，安時而處順，哀樂不能入」也是看得太透的話。

〈詩人的國土〉——為什麼它是黑色的呢？黑色國土能開出繽紛花朵嗎？那是因為詩人本身絢燦多姿吧！詩人的心溫厚、又幽默，卻有一份執著的性格。詩人滿心要使大家歡樂，世界祥和。

在後記中，你說詩人都生活在孤獨國，其實，詩人是幸福的，因為那份刻骨銘心的寂寞感，倒只有詩人才能表達得出來，也幸有愛詩的痴人能分享，誰說知音難遇呢？

我深感自己寫散文像一堆泥巴糞土，不值一顧。所以也想學學寫詩了，就學像你這樣的自由詩——讓別人看得懂的詩。

你詩中有提到「夢辭」，因而我想：

夢碎了
拼得起來
心碎了

怎麼拼呢
我想起媽媽
她的夢永遠是碎的
有一次
媽媽說　好靜啊
繡花針掉在地上
我都聽得見呢
叮的一聲響

我抬頭望母親，她正仰臉看著壁間爸爸的照片。爸爸在北京。我說「媽媽，繡朵花寄給爸爸吧。」她微笑地說：「我早已繡了。一直放在枕頭底下，自己看看就好了。」

媽媽的夢
沒有碎啊。

談寫作・念恩師

剛進初一時，在國文課本裡讀到許多篇名家的文章，都是白話文，覺得比「之乎者也」的古文有趣味多了。因而很想學寫白話文，自由自在地發揮，多好哇。可是古板的國文老師規定我們要寫文言文。我因曾被家庭教師逼寫過三言兩語的文言文，還勉強可以應付。

雖蒙老師讚許，心裡仍悵悵的，和同學們一樣，盼望老師能網開一面，允許我們寫白話文才好。

到了初三，國文老師換了一位西裝革履的新派人物。他說多讀幾篇古文可使你領會行文的氣勢、辭句的簡練，有助於白話文的寫作。日常生活的感興，還是以白話文較易表達。於是我們都洋洋灑灑地寫起白話文來。我又多寫幾篇自以為得意之作請老師批改。

他說我文字已頗順暢，只須從深厚處求進益；教我多讀名家作品，暫勿急於寫作，因爲蠶不吃桑葉是吐不出絲來的。我聽了有點茫茫然，也有點失望，覺得寫作之路，實在艱辛。

高一至高三，同是一位國文老師，他是燕京大學的文學碩士，一聽「燕京」二字，我們就不由得肅然起敬。難得的是他和藹、灑脫。上課時不呆板地講解課文，而要我們自由地提出欣賞心得，他說無論文言白話，只要情眞語切，一樣的盪氣迴腸。

作文時他不命題，讓我們自由地寫，但必須當堂交卷。有一次，我寫了篇〈哭大哥〉的文章，老師在許多句子上加了密密的圈，最後批道：「手足親情，感人肺腑。盼多讀、多寫，必定樂趣無窮。」

他和初中那位老師不同的是鼓勵我多寫，使我增加了興趣和信心。我感激地捧著作文簿回家，但不敢拿給父親看，生怕引起他思子的傷感。但他還是看到了，卻沉著臉問：「妳爲什麼不用文言文寫？是老師准許妳寫白話文的嗎？」我含淚低頭，默默地走開了。

從此我把作文簿與日記本統統藏到枕頭底下，不讓父親看到，心中卻非常感激老師給我的那幾句批語。

大學念的是中文系，恩師夏瞿禪教授對我們的啓迪尤多。他語重心長地說：「爲人爲學爲文都要一致，就是一個誠字。」他說：「文章不要勉強求工，但能誠誠懇懇抒情達意，就是言之有物。多讀古今名篇，多體驗生活，日久自有進益。」同學們每有所作，無論詩詞散文，他總是讚美多、刪改少。給予我們心靈上很大的空間。詩詞方面，遇有用字未妥或音調不協處，他只在邊上加上小紅點，提醒你自己斟酌修改。

在課堂裡，他常以鄉音朗吟古人詩詞名句，要我們說出好在哪裡，並舉許多相似或相反之名句作比。散文方面，他指點我們以新眼光賞析《左傳》《國策》《史》《漢》等歷史巨著，在班上提出討論，人人都感樂趣無窮。他常笑說：「我們當年讀書是苦讀，現在開明了，讀書要樂讀。」

畢業後回到故鄉，因戰亂與恩師兩地睽違，音書阻絕逾兩年之久，有一天，意外地收到他輾轉自浙東寄來的信，他寫道：「居窮鄉以讀書自娛，覺天地至寬也。近讀奧爾柯德所著《小婦人》、《好妻子》二書，寫父母手足親情，眞摯自然之至。又讀狄更斯《塊肉餘生記》，一字一淚，感人至深。念希眞之性情身世，亦可勉爲此業。期以十年，必能有成。歲月不居，幸勿爲人間閒煩惱蝕其心血，勉之、勉之。」恩師的期勉，使我感激涕零。也曾痛下決心，學習寫作，但以戰亂中流離轉徙，人事滄桑，始終未能安下心來寫作。

到台灣後，生活初安，才試寫了一篇短文投寄報刊，即被刊出。看見自己塗鴉之作，居然眉清目秀地見諸報端，那一份驚喜實非言語所能形容。尤令我感動的是主編先生還函約我繼續寄稿，並在一個聚餐會上，邀我去與已成名的作家們歡聚，使我開始享受以文會友之樂，也增加了寫作的興趣與信心。從那以後，我就一直緊握著這枝筆。

四十年來，我永遠記住恩師「誠」字的誨諭，兢兢業業，未敢稍懈。於遣詞用字之際，亦未敢掉以輕心。「書信是千里面目」，文章見諸報刊，傳播豈止千里？焉得不謹愼推敲？

直到如今，我寫的固然都是父親厭棄的白話文，但總是字斟句酌，以求能貼切地表情達意，每於完成一篇短文後，總要請我的另一半，這第一位讀者過目一番，改正錯別字之外，看是否有不妥之處。他就擺出一副岸然的道貌，用鉛筆（不用紅硃筆已經很客氣了）在邊上圈圈槓槓，槓槓圈圈。圈得我好高興，也槓得我好生氣，彼此爭論一番，最後還是接受他客觀的提示，仔細斟酌修改後才寄出。

這才是文章千古事，得失「兩心」知哪！

——原載民國八十五年四月二十七日《中華日報》副刊

〈又一章〉

祝福

床頭几的檯燈下，一直擺著一只小小的金純戒指。菱形的正中刻著一個「福」字。每晚臨睡時，她都拿起戒指，放在手心，凝視好久。戒指樣式古老，圈圈後面的正中央已經斷裂——不是斷裂，是用剪刀剪斷的。

十二年前，她的兒子執意要飄洋過海去美國謀生，掙扎得十分辛苦。她實在不放心，只得趁學校放暑假期間，到美國看他。在機場見面時，她看兒子神色茫茫然。上車後，她問他：「生活怎麼樣？身體好嗎？」他低沉的聲音回答：「沒怎麼樣，很累就是了。」做母親的竟不知再問什麼才好。

她託朋友暫時租了一間小房間安身。每天中午做好飯菜等兒子回來吃，但總是左等右等不來，或是很晚才打個電話來說：「送貨趕不及，不來了。」她只好一個人把半冷不熱的飯，一粒粒挑進嘴裡，一粒粒勉強嚥下去。然後躺在床上，仰望剝落的天花板，想著兒子開車奔馳在高速公路上疲累的神情。直到夜深，想和他通個電話也無法聯絡。

有一天，兒子忽然提前來了。要帶母親去他住的地方看看，在一間凌亂的小房子裡，他們母子席地而坐。他打開破舊的小提箱，取出一只戒指，遞給母親。

「媽媽，送給您，是純金的。」他說。

「為什麼要送給我呢？」她有點驚奇地問。

「您為我操太多的心，天天等我吃飯，等得心焦。我送貨沒法子控制時間。給您這只戒指，中間有個『福』字。您看看它，摸摸它，只當我在您身邊，您就放心了。」

她把戒指接在手裡，淚水止不住地滾落。

「您試試看嘛，套在小拇指上。」

「太小了，小拇指也套不進去呀。」

他立刻拿來一把剪刀，把戒指圈圈剪斷，說：

「現在就可以套上去了。」

「剪斷了多可惜！」她輕聲嘆了口氣。

「怎麼會可惜，我是要您戴呀。」

他一臉的急迫，一臉的稚氣，依舊是幼年時扶床繞膝的神情。

她抹去眼淚，把戒指套在小拇指上。

她看看他的小提箱裡，除了舊兮兮的衣服，就是一大捆的信，都是她寫給他的。

「這些信，你都還保留著？」她忍不住問。

「您以為我會看過就丟掉嗎？」

「那你為什麼總不回我的信呢？害我左盼右盼，為你掛心。」

「沒什麼好報告您的呀！」

「那麼現在你有什麼要跟我說的嗎？」

「您要我說什麼呢？」

「比如，你打算讀書，還是就這麼打工下去？」

「不要問我這些，我沒法回答您。」他顯得很煩躁的樣子，她只好默然了。

「媽，您還是早點回台灣吧，您在這裡，我的心好亂。」

她知道母親的關懷，反而成了他的心理負擔，只好說：

「好吧！下星期我就回去了，你好好照顧自己吧！」

母子都默然無語了。他們之間好像隔了一道厚厚的牆，無法溝通。可是摸著戒指上的「福」字，她仍深深體會到兒子對她的心意。

她眞的就在一星期後回台灣了。迫切地去，踽踽地歸來。兒子送她到機場時，她一直忍不住流淚，兒子用力捏了下她的手，輕聲地說：「媽，戒指戴好，祝福您。」

在候機室裡，她心亂如麻，只喃喃地對兒子說：「當心身體，開車要小心。」「知道了。」他低著頭。

上飛機以後，她閉起眼睛，想著兒子開車奔馳在高速公路上的疲累神情。想起他那間凌亂的小屋子，和小提箱裡她寫給他的那一捆信。

「媽媽，送您這只戒指，上面有個『福』字，您看看它，摸摸它，就放心了。」兒子的話一直在她耳邊喃喃著。

戒指套在小拇指上，剪斷處刺得手指隱隱作痛。她生怕斷裂處不小心被勾開，戒指會脫落在路途上，她不放心，只好脫下來放在手提包裡。

從那以後，她一直沒有再戴它，一直放在床邊檯燈下。

兒子成家了，日子過得還算平穩。由於兒子與兒媳工作忙碌，母子就很少通信，更沒法通得上電話。

對著戒指，她在心中默禱：「兒子，祝福你們平安、快樂。」

剪斷的金戒指（附）

——微型小說〈祝福〉賞析

佚名

《微型小說季刊》第五期刊登的琦君〈祝福〉，親切感人，耐人尋味。作者以樸實淡靜誠摯的筆觸刻畫了母子親情，塑造了慈母和愛子的鮮明形象。

貫穿小說「母子情深」主線的是一個刻著「福」字、被剪斷的小小金戒指。小說開門見山，點出了母親珍藏著的一個特殊的戒指，接著就以倒敘的筆法，娓娓道出十二年前母親得到兒子敬贈戒指的詳細經過。

思子心切的母親趕到美國探望兒子，忙碌在都市緊張生活中「很累」的兒子，卻總不能抽空陪她吃一頓熱飯，甚至母親「想和他通個電話也無法聯絡」。小說用兩段百多字點出了都市生活的快節奏，同時也使讀者明顯感到兒子對母親的「無情」。

兒子真的對母親無情嗎？作者這時文筆一轉，道出「有一天，兒子忽然提前來了」，他領母親看了自己住的地方，並送給母親一只戒指。作者點滴不漏地敘述了這個過程，兒子讓母親戴上有個福字的戒指，說：「您看看它，摸摸它，只當我在您身邊，您就放心了。」表明了為兒的孝心，他不是無情，而是知情，也有情。而當母親套不上這個小戒指時，兒子「立刻拿來一把剪刀，把戒指圈剪斷，說：『現在可以套上了。』」一個動作，就將兒子的魯莽模樣給畫出來了。

再進一步，兒子保留著一大捆母親寫給他的信，卻總不回母親的信，足以表現一個有情有意，但不夠成熟、粗心的年輕人的性格，也表現了母愛的寬容。當兒子請求母親早點回台灣時說：「您在這裡，我的心好亂。」母親一下子明白了，自己過多的關懷反而成了他的負擔。母親答應回去時，作者寫道：「母子都默然無語了。他們之間好像隔了一道厚厚的牆，無法溝通。可是摸著戒指上的『福』字，她仍深深體會到兒子對她的心意。」是啊，代溝，是無法避免的，可母子親情，卻是長長久久自始至終一貫的。

通篇寫活了一個情字。母親的情，樸實而偉大，如母親等兒子回來吃飯時將飯「一粒粒挑進嘴裡」「勉強嚥下」、母親一封又一封的信、母親的眼淚、母親喃喃細語的告誡；兒子的情，粗獷魯鈍淺層次但具男子氣，如兒子保留著母親的信卻難得回信、兒子在母親面前的沉默、兒子贈送戒指給母親時揮剪剪斷戒指圈、兒子的輕聲祝福。作者細膩地表現了母子情深的老少差別和男女差別，刻畫母子親情的異同。

小說耐不耐讀，有沒有味，語言是關鍵。〈祝福〉的語言靜中有動，動中有靜，樸實而不呆板，平直而又顯山見水。尤其是對話，十分精煉、傳神。兒子在候機廳對母親問訊的低沉回答：「沒怎麼樣，很累就是了。」和他每晚不能回來打給母親的電話說：「送貨趕不及，不來了。」點化出生活的緊張、忙碌艱辛。看似閒談，實是精簡，沒有多餘，不能刪去。整篇脈絡分明、自然流暢，全無斧劈刀削之痕，是「無技巧」的大手筆。

讀琦君的這篇小小說是種享受。遊子讀它，可以重溫母愛的溫馨；母親讀它，可以再現舐犢深情。

（本文作者見文後請與本社聯繫，補奉稿酬）

附錄

永恆的母親

洪淑苓

如果說，卡通和童話是我們童年共同的回憶，那麼琦君的散文就是我們少年時代難忘的閱讀經驗。她的文字世界，雋永有情，使少年的我們不知不覺領受一份傳統溫柔敦厚的人情，學會了體恤與包容。

在琦君筆下，「母親」是個寫不完的題材。從早期到近期作品，處處可見她描寫母親的蹤影。例如本書所收的〈團圓餅〉，既寫出母親巧手慧心，自己製作中秋月餅，也點出母親盼望父親回家團圓的心願。大多數的讀者知道，琦君的父母是老式婚姻，父親後來另外收納小妾，長住外地，與琦君母女疏遠。而琦君每每以幼小的心靈揣想母親的悲苦，讀來特別令人動容。文學上棄婦、怨婦多矣，但不曾有人為我們如此詳細刻畫她的音容形貌，讓我們看見她穿梭在田間灶下，有著無比堅毅的神情；讓我們聽見她在燈下吁歎，在捻針線時悄然悲語，有著怨而不怒、哀而不傷的襟懷。

於是我們才了解，琦君之所以一再描摹母親，固然是出於稚子孺慕之情，卻也逐漸塑造一個永恆的形象：普天下的母親，莫不是如斯勤儉持家，心性寬厚柔韌，為子女承擔生命的悲苦。母親，是世間苦難的象徵，卻也是一切力量的泉源。

此外，圍繞在琦君生活裡的諸多人物，也都是重情尚義。德高望重的橋頭阿公、善心慈愛的姨婆、教地理的房老師、幫傭的阿榮伯伯和阿標叔叔等等，透過琦君細膩的描寫，他們的一言一行、性情思想，均能躍然紙上，如見其人。例如〈萬金油的故事〉，就把阿榮伯伯、阿標叔叔兩個小人物的恩怨寫得活潑生動，有江湖把式的諧趣，也有劍客遊俠的知交情誼。

琦君是善於描寫人物的，她總是適時加入對話或突顯幾句話，使讀者印象深刻。房老師的「你莫哭呀」、橋頭阿公的「單句講」、母親的「忘掉也好」、妹妹的「再哭一點點」，在寫作技巧上可謂小兵立大功，有畫龍點睛之效。

親情與懷舊，是琦君散文的主要題材。其他如日常生活隨筆、詩文札記，乃至於小小說，琦君也能夠勝任愉快。〈永是有情人〉、〈忘掉了也好〉二篇，就能夠融合抒情、記事、說理，提示人生的道理、婚姻的真諦。幾篇抒發步入中老年心境的文章，如〈真與假〉、〈老的領悟〉等，則真誠幽默，展現琦君的另一面。琦君八十高齡仍寫作不輟，她所累積的生活經驗與智慧，正是讀者寶貴的借鏡，像這類作品，實在可以多寫幾篇，傳授讀者「不知老之將至」的祕訣。

詩別要提的是，本書還收錄一篇小說評論；〈一棵堅韌的馬蘭草〉，是琦君研究潘人木所著《馬蘭的故事》之心得。全文篇幅甚長，但對於該書之主題思想、人物形象、比喻象徵等，條分縷析、架構謹嚴，論點鑿鑿有力。我們知道琦君精通古典詩詞，這裡卻看到她剖析小說的功力。就現代文學研究而言，早期的長篇名著，確實需要更多評論者予以關注，而琦君以作者同輩人的體驗來闡發書中奧義，相當值得讚佩，也具有參考價值。

琦君是文壇的長青樹，她的作品陪伴我們成長，也啟示我們欣然面對人生的每一階段。我們相信，喜愛文學的人都和琦君一樣，永是有情人。

——民國八十七年六月十二日《中央日報》

童心與溫暖的活泉

——琦君《永是有情人》透露身世

陳文芬

母女情深，一直是現年八十二歲作家琦君散文作品核心。多少年來，我們讀著琦君純樸的農村童年生活，琦君母親腕套佛珠、燭影下剪鞋樣的身影，柔聲喚著琦君小名「小春」，辛勞敦厚的母性光輝，曾經溫暖過多少讀者的心，這位農村傳統女性，早已是華文讀者永恆的母親。

在新春出版琦君最新著作《永是有情人》序言裡，琦君忽然向讀者吐露從未曾公開的身世。數十年來，她筆下母親，其實是伯母，她一歲喪父、四歲喪母，生母臨終前將她與哥哥兩個孤兒託付伯母，後來哥哥被伯父帶到北京，哥哥十三歲喪於腎病不治，她一直在伯母養育下長大。這本書已被金石堂書店選為二月推薦書。

琦君對於這項告白，有著複雜忐忑的心情，「我擔心讓人以為是譁眾取寵，也怕讀者以為過去我騙了他們。」文友們略知琦君家庭背景，她著名的〈髻〉一篇，寫到家裡來了二姨娘與母親的落寞，小說《橘子紅了》則有三姨娘的影子，舊時代家庭少不了這些故事，過去琦君不直說大媽遭遇的苦，實在是伯父母還台前過世，未及還報養育之恩，她引以為憾，而二姨娘是在琦君夫婦照顧下於台灣送終，琦君以前不提這些事，有其顧慮與敦厚之處。

此刻，琦君願意讓讀者明瞭的是，大媽接納一對非親生小孩的偉大，天高地厚的慈愛。

琦君近年因風濕痛，寫作體力不如從前，新書靠著九歌出版蔡文甫去年底赴美東拜訪，給她加油打氣，筆健身體就健。《永是有情人》長工阿榮伯、五叔婆等小春身邊人物復返，琦君說，年紀大了，眼前事記不住，童年歷歷在目，大媽就是她的母親啦，慈悲菩薩智慧形象，一輩子沒離開小春，「她沒讀多少書，可是她說父親是大樹，大樹不在，有她小樹好遮蔽，多有學問的話。」

琦君說，哥哥過世後，父親（伯父）心中對生父抱歉，總想要有小孩，娶了二姨娘，就與姨娘住外地，二姨娘無子息，又娶三姨娘。舊時代女性，確實是想壓制母親，父親重病，二姨、三姨嫌老爺回家與正妻犯沖，要母親去廟裡住。父親臨終前，琦君堅持把大媽接回，裹過小腳的大媽，腳一高一低越溪返家，父親握住她的手才斷氣，心裡是有那麼一絲虧欠。

琦君過年在美國，心裡還掛記這篇序言，問記者：「不會有負面作用？」在美國，年節氣氛不如台灣，然而國內許多「小朋友」——琦君教過的學生給她寫信，讀信、回信是她生活的重心。至於寫作，先生仍是她第一個讀者，做客觀評點。琦君說，母親是她一生童心與溫暖的活泉，近期在文友的鼓勵下，還會寫作。

——原載民國八十七年二月五日《中國時報》

琦君作品目錄一覽表

論述

詞人之舟　民七十年，純文學出版社；民八十五年，爾雅出版社

剪不斷的母子情　民九十四年，中國語文月刊社

散文

溪邊瑣語　民五十一年，婦友月刊社

琦君小品　民五十五年，三民書局

紅紗燈　民五十八年，三民書局

煙愁	民五十八年，光啓出版社；民七十年，爾雅出版社
三更有夢書當枕	民六十四年，爾雅出版社
桂花雨	民六十五年，爾雅出版社
細雨燈花落	民六十六年，爾雅出版社
讀書與生活	民六十七年，東大圖書公司
千里懷人月在峰	民六十七年，爾雅出版社
與我同車	民六十八年，九歌出版社
留予他年說夢痕	民六十九年，洪範書店
母心似天空	民七十年，爾雅出版社
燈景舊情懷	民七十二年，洪範書店
水是故鄉甜	民七十三年，九歌出版社
此處有仙桃	民七十四年，九歌出版社
玻璃筆	民七十五年，九歌出版社
琦君讀書	民七十六年，九歌出版社
我愛動物	民七十七年，洪範書店

青燈有味似兒時	民七十七年，九歌出版 （民九十三年十月，重排新版）
淚珠與珍珠	民七十八年，九歌出版社
母心・佛心	民七十九年，九歌出版社 （民九十三年十二月，重排新版）
一襲青衫萬縷情	民八十年，爾雅出版社
媽媽銀行	民八十一年，九歌出版社 （民九十四年五月，重排新版）
萬水千山師友情	民八十四年，九歌出版社
母親的書	民八十五年，洪範書店
永是有情人	民八十七年，九歌出版社 （民九十四年十二月，重排新版）

小說

菁姐（短篇） 民四十三年，今日婦女雜誌社
民七十年，爾雅出版社

百合羹（短篇） 民四十七年，開明書店

繕校室八小時（短篇） 民五十七年，臺灣商務印書館

七月的哀傷（短篇） 民六十年，驚聲文物供應公司

錢塘江畔（短篇） 民六十九年，爾雅出版社

橘子紅了（中篇） 民八十年，洪範書店

合集

琴心（散文、小說） 民四十二年，國風出版社；
民六十九年，爾雅出版社

琦君自選集（詞、散文、小說） 民六十四年，黎明文化公司

文與情（散文、小說） 民七十九年，三民書局

琦君散文選（中英對照） 民八十九年，九歌出版社

母親的金手錶 民九十年，九歌出版社

夢中的餅乾屋　民九十一年，九歌出版社

兒童文學

賣牛記　民五十五年，三民書局

老鞋匠和狗　民五十八年，臺灣書店

琦君説童年　民七十年，純文學出版社

琦君寄小讀者　民七十四年，純文學出版社；民八十五年，健行文化出版公司

鞋子告狀（琦君寄小讀者改版）　民九十三年，九歌出版社

九歌典藏小說系列

好小說的內容和主題，能穿越時空帶給讀者歷久而彌新深刻感受。這一系列小說，有的是作者個人創作成果中的傑作；有的是被歸類的類型中的代表作；有的更是它問世時代的經典之作，有著極高的閱讀價值。

陳雨航策畫・典藏小說

（以資料整理齊全先後序）

貓臉的歲月	顧肇森	著	定價280
男人的一半是女人	張賢亮	著	定價280
峽　地	鄭清文	著	定價280
今夜微雨	廖輝英	著	定價200
我兒漢生	蕭　颯	著	定價280
尹縣長	陳若曦	著	定價280
藍與黑（上）	王　藍	著	定價250
藍與黑（下）	王　藍	著	定價250
旋　風	姜　貴	著	定價420
金水嬸	王　拓	著	定價250

F⑦33狂歡的女神（散文）	劉劍梅著	250元
F⑦34從兩個蛋開始（小說）	楊爭光著	300元
F⑦35與海豚交談的男孩（散文）	呂政達著	200元
F⑦36浮生再記（散文）	沈君山著	350元
F⑦37不負如來不負卿（散文）	周夢蝶著	240元
F⑦38密室逐光（小說）	李偉涵著	280元
F⑦39我的藝術家朋友們（散文）	謝里法著	240元
F⑦40孤獨的眼睛（散文）	龔鵬程著	250元
F⑦41苦惱與自由的平均律（新詩）	陳　黎著	200元
F⑦42玉米（小說）	畢飛宇著	250元
F⑦43看地圖神遊澳洲（散文）	夏祖麗著	210元
F⑦44逃逸速度（散文）	黃國彬著	200元
F⑦45公主老花眼（散文）	廖玉蕙著	（編印中）
F⑦46走進圖書館（散文）	王　岫著	（編印中）
F⑦47靠近　羅摩衍那（新詩）	陳大為著	200元

F704	飄流萬里（散文）	楊　渡著	220元
F705	像我這樣的老師（散文）	廖玉蕙著	250元
F706	台灣文學的回顧（評論）	葉石濤著	210元
F707	無國境世代（散文）	黃寶蓮著	210元
F708	紅樓夢女人新解（評論）	謝鵬雄著	200元
F709	貓咪情人・PUB（極短篇）	羅　英著	200元
F710	海哭的聲音（散文）	詹　澈著	220元
F711	小蘭嶼和小藍鯨（詩）	詹　澈著	180元
F712	咖啡館裡的流浪民族（散文）	楚　戈著	250元
F713	火鳥再生記（散文）	楚　戈著	230元
F714	老蓋仙的花花世界——夏元瑜幽默精選(一)（散文）	夏元瑜著	220元
F715	容器（小說）	木子美著	220元
F716	上海之死（小說）	虹　影著	280元
F717	台灣棒球小說大展（小說）	徐錦成編	220元
F718	九十三年散文選（散文）	陳芳明編	320元
F719	九十三年小說選（小說）	陳雨航編	250元
F720	娑婆詩人周夢蝶（詩評）	曾進豐編	350元
F721	麗人公寓（小說）	唐　穎著	250元
F722	那些微小又巨大的人（小說）	劉震雲著	240元
F723	權力與美麗——超越浪漫說女性（評論）	林芳玫著	250元
F724	桂冠與蛇杖——北醫詩人選（新詩）	陳克華、湯銘哲編	(平)220元 (精)300元
F725	煮字爲藥（散文）	徐國能著	200元
F726	面對尤利西斯（評論）	莊信正著	260元
F727	咖啡和香水（小說）	彭順台著	220元
F728	砲彈擊落一個夢（小說）	歐陽柏燕著	220元
F729	以蟑螂爲師——夏元瑜幽默精選(二)（散文）	夏元瑜著	220元
F730	告別火星（散文）	柯嘉智著	200元
F731	請帶我走（小說）	張抗抗著	220元
F732	與星共舞（詩）	謝　青著	190元

F⑥⑦⑥火狐虹影（散文）	虹　影著	220元
F⑥⑦⑦上海王（長篇小說）	虹　影著	280元
F⑥⑦⑧思想的天鵝（散文）	林清玄著	200元
F⑥⑦⑨感性的蝴蝶（散文）	林清玄著	200元
F⑥⑧⓪大哥最大（散文）	古蒙仁著	190元
F⑥⑧①九十二年散文選（散文）	顏崑陽編	320元
F⑥⑧②九十二年小說選（小說）	林秀玲編	250元
F⑥⑧③紅顏淚（小說）	梅　遜著	200元
F⑥⑧④文化英雄拜會記：錢鍾書、夏志清、余光中作品及生活（評論）	黃維樑著	220元
F⑥⑧⑤手機（長篇小說）	劉震雲著	260元
F⑥⑧⑥我喜歡的親密關係（散文）	廖輝英著	180元
F⑥⑧⑦書話台灣——1991~2003 文學印象（評論）	李奭學著	300元
F⑥⑧⑧打開作家的瓶中稿——再訪捕蝶人（訪談）	廖玉蕙著	250元
F⑥⑧⑨十行集（新版）（詩）	向　陽著	220元
F⑥⑨⓪人間有情・義游於藝（散文）	朱　炎著	220元
F⑥⑨①天臺上的月光（散文）	許婉姿著	190元
F⑥⑨②成人童詩（詩）	林德俊著	180元
F⑥⑨③巢渡（短篇小說）	張瀛太著	220元
F⑥⑨④我帶你遊山玩水（散文）	康芸薇著	220元
F⑥⑨⑤眞與美的遊戲：漢寶德看古物（散文）	漢寶德著	250元
F⑥⑨⑥亮的天（詩）	許悔之著	180元
F⑥⑨⑦一首詩的玩法（詩賞析）	白　靈著	260元
F⑥⑨⑧愛與死的間隙（詩）	白　靈著	200元
F⑥⑨⑨人間光譜（散文）	劉海北著	220元
F⑦⓪⓪人間煙火（散文）	席慕蓉著	260元
F⑦⓪①哭泣的耳朵（小說）	蘇　童著	230元
F⑦⓪②綠袖子（小說）	虹　影著	220元
F⑦⓪③雙單行道——中西文化交流人物（評論）	趙毅衡著	260元

F645雅舍談書（評論）	梁實秋著・陳子善編	400元
F646私語紅樓夢（評論）	水　晶著	190元
F647麒麟（新詩）	孫維民著	160元
F648夜上海（長篇小說）	顧　艷著	230元
F649今天，您好（散文）	楊稼生著	190元
F650在美國（中英對照劇作集）	郭強生著	260元
F651藝術・收藏・我（散文）	王壽來著	200元
F652虎爺（小說）	吳明益著	210元
F653女人香（長篇小說）	廖輝英著	240元
F654九十一年散文選（散文）	席慕蓉編	280元
F655九十一年小說選（小說）	袁瓊瓊編	250元
F656捷運的出口是海洋（詩集）	高世澤著	200元
F657顛倒夢想（散文）	宇文正著	190元
F658哈佛・雷特（散文）	陳克華著	200元
F659馬路・游擊（散文）	邱坤良著	220元
F660茱麗葉的指環（散文）	林文義著	200元
F661星星都已經到齊了（散文）	張曉風著	230元
F662失樂園（詩集）	簡政珍著	200元
F663作女（長篇小說）	張抗抗著	350元
F664怪鞋先生來喝茶（散文）	呂政達著	220元
F665性、自戀、身分證（散文）	卜大中著	180元
F666不關風與月（散文）	廖玉蕙著	210元
F667疼惜往事（散文）	陳長華著	200元
F668島嶼邊緣（詩）	陳　黎著	210元
F669共悟人間——父女兩地書（散文）	劉再復、劉劍梅著	250元
F670女王與我（散文）	林太乙著	200元
F671有風就要停（散文）	李瑞騰著	220元
F672遠方有光（散文）	楊錦郁著	190元
F673眞愛與永恆——徐志摩陸小曼愛情日記（散文）	徐志摩、陸小曼著	200元
F674變心（短篇小說）	張啓疆著	200元
F675尋找原野（散文）	鮑爾吉・原野著	220元

F⑥①⑤現代小說啓事（評論）	張素貞著	260元
F⑥①⑥喬伊斯偷走我的除夕（散文）	莊裕安著	200元
F⑥①⑦情色世紀末（評論）	劉亮雅著	220元
F⑥①⑧借問成功眞何價？（散文）	曾昭旭著	220元
F⑥①⑨試開天眼看人生（散文）	曾昭旭著	190元
F⑥②⓪語言與翻譯（評論）	黃國彬著	200元
F⑥②①心鎖（小說）	郭良蕙著	270元
F⑥②②人生就是這樣！（散文）	郭良蕙著	200元
F⑥②③吃冰的另一種滋味（散文）	古蒙仁著	190元
F⑥②④乘著微笑的翅膀（散文）	劉安諾著	200元
F⑥②⑤金色的馬鞍（散文）	席慕蓉著	350元 特價 280元
F⑥②⑥散文教室（散文）	陳義芝編	300元
F⑥②⑦走訪捕蝶人（散文）	廖玉蕙著	230元
F⑥②⑧聽聽那冷雨（散文）	余光中著	220元
F⑥②⑨含英吐華（評論） ——梁實秋翻譯獎評語集	余光中編	280元
F⑥③⓪九十年散文選（散文）	張曉風編	320元
F⑥③①九十年小說選（小說）	李　昂編	250元
F⑥③②希望之石（小說）	李偉涵著	200元
F⑥③③情路浪跡（小說）	廖輝英著	170元
F⑥③④無愛的上海（小說）	唐　穎著	280元
F⑥③⑤和世界偉人面對面（散文）	王壽來著	200元
F⑥③⑥幽室裡的愛情（小說）	宇文正著	180元
F⑥③⑦嫁台灣郎的日本女子（小說）	庄司總一著 黃玉燕譯	320元
F⑥③⑧約會（詩集）	周夢蝶著	190元
F⑥③⑨紀弦詩拔粹（詩集）	紀　弦著	210元
F⑥④⓪雲霄飛車家庭（散文）	陳正益著	210元
F⑥④①天使咖啡（小說）	楊小雲著	190元
F⑥④②從前（散文）	董　橋著	200元
F⑥④③流螢點火（散文）	張清志著	200元
F⑥④④午夜之門（散文）	北　島著	200元

琦君作品集 (04)

永是有情人

Love You Forever

著　　者：琦　君
發 行 人：蔡文甫
責任編輯：薛至宜
發 行 所：九歌出版社有限公司
臺北市八德路3段12巷57弄40號
電話／02-25776564・傳眞／02-25789205
郵政劃撥／0112295-1
網　　址：www.chiuko.com.tw
登 記 證：行政院新聞局局版臺業字第1738號
門 市 部：九歌文學書屋
臺北市長安東路二段173號（電話／02-27773915）
印 刷 所：崇寶彩藝印刷有限公司
法律顧問：龍躍天律師・蕭雄淋律師・董安丹律師
初　　版：1998（民國87）年2月10日
重排增訂二版：2005（民國94）年12月10日

定　價：210元

ISBN 957-444-274-8　　Printed in Taiwan

國家圖書館出版品預行編目資料

永是有情人／琦君著. — 重排增訂二版.
—臺北市：九歌， 民94
面； 公分. —（琦君作品集；4）

ISBN 957-444-274-8（平裝）

855 94021402